沢里裕二

極道刑事《クロデカ》

地獄のロシアンルーレット

実業之日本社

実業之日本社文庫

目次

プロローグ

二〇二二年二月十九日。

窓から見える真冬の海が荒れていた。

巨大な波が岩礁《がんしょう》にぶつかり、大きな飛沫《しぶき》をあげている。どこかの映画会社のタイトルシーンのようでもあるが三葉商事《みつようしょうじ》エネルギー本部第二部の本橋時雄《もとはしときお》には、それが爆発シーンに見えてしかたなかった。

オホーツク海に面した鉱区《こうく》にあるオフィス棟の五階の窓辺だった。

こんな日にまたロシア側を接待せねばならぬのかと思うとうんざりする。

ここはカムチャツカ半島。

ベーリング海、オホーツク海、太平洋に囲まれた紡錘形《ぼうすいけい》の半島だ。この半島の下方から小さな島々が、日本の知床《しれとこ》岬と向かい合う国後《くなしり》島まで連なっている。ロシア側はクリル諸島と記し、日本では千島《ちしま》列島と呼んでいる島々だ。

地図を眺めると列島は日本とロシアを結ぶ一本のロープのようでもあり、太古の昔は繋《つな》がっていたことをうかがわせる。

半島の大半がツンドラ地帯で、目に映る景色は、すべて灰色だ。ヒグマも寝ているいま時分は毎日が零下二十度で、東京から来た本橋などは外を歩くことさえ、億劫《おっくう》になる。何度来ても、慣れることはない。

さっさと輸入価格の改定交渉をまとめあげ、帰国の途につきたい。

三葉商事は、この半島における液化天然ガス《LNG》プロジェクト『リオートX』の権益を十二パーセント保有している。

ロシア、英国、オランダの石油会社と共同で開発し運用するプロジェクトだ。建設には日本の高度な建設技術が貢献していたことから、三葉商事は常に強気な交渉をしていた。

資源はなくとも技術はある。

それが日本の誇りだ。

商社マンとして日本の技術者たちの努力に応えるために、安易な妥協は許されないと思っている。

「トキオ、そろそろウォッカタイムにしない？」

本橋と並んで海を見ていたキャロルが誘ってきた。

イギリスのジュエリー石油の担当者、キャロル・ボンドだ。

本橋と同じように価格交渉に来ている女だが、会うのは今回が初めてだった。

オランダのドッジ石油の担当者、ロビン・ヘイワードの顔は今日は見ていない。

突如、価格の引き上げを要求してきたロシアに対し、三社で対抗するべく共同で対応しているのだが、いつにもましてロシア側が強固で、交渉は難航している。

氷点下のこの地方で、のらりくらりと争点をずらし、こちらが根負けするのを待っている。そんなやり方だった。第二次世界大戦のドイツに勝利したのと同じ戦法である。

「そうだな。脳にウォッカを回して気合を入れないと負けてしまいそうだ」

キャロルと共に鉱区を出て、エリゾヴォ空港近くのホテルのバーに入った。

据え置き式の古いスチームを最大限に効かせているようだが、やたらと埃臭《ほこり》かった。

しかも隙間風がひゅうひゅうと音を立て入ってきて、マフラーも外せない状態だ。

キャロルはいかにも英国人だといわんばかりの赤と黒のタータンチェック。本橋はスーツと同色のグレーのマフラーを巻いていた。

バーに観光客はいなかった。

ウォッカのボトルとグラスが届いたところで、キャロルが、

「ロシアは急にお金が必要になっているみたいね」

と切り出してきた。英国風のはっきり聞き取れる英語だった。

「コロナで停滞してしまった国内経済の立て直しに相当金が要るんだろうね？」

窓の外を眺めながら答えた。ざんざんと雪が降っている。

「いや、それだけじゃない」

キャロルが断定的に言い、笑った。

理知的な眼をした女性だ。鼈甲《べっこう》のフレームの眼鏡がよく似合う顔立ちでもある。

本橋はウォッカを呷《あお》った。

ぼっと体の中が燃えあがる。

この地方で暖を取るにはやはりウォッカが一番なのだ。

「ひょっとしたらドーピング問題が尾を引いて北京《ペキン》オリンピックにもロシアとして参加できないから拗《す》ねてんじゃないのか。それで西側に八つ当たりしているとか」

「それも少しはあると思う」

キャロルもウォッカを飲んだ。本当に冷え冷えとしたバーだった。窓から見える景色は白一色。白の上に白が重なるように、雪が降っていた。

「中国よりもいまじゃ格下だからね。わざわざ冬季オリンピックを祝いにかけつけやがった」

最初は弟扱いしていた中国にいまでは国力で完全に追い抜かれてしまったロシアだ。

「あのプライドの高いキツネ男が、小ばかにしていた中華饅頭《まんじゅう》にわざわざ会いに行ったのよ。きっとなにか企《たくら》んでいるわよ」

キャロルが突然真剣な眼差《まなざ》しをした。

ロシアと中国の首脳は、北京冬季オリンピックの開会式直前に会談。『中露の限界なき協力関係』を公約したばかりだ。

「この十年、米中ばかりが注目されているんで妬《ねた》んでいるんだろうな。あれはキツネ男の自己顕示欲の現れさ」

「そのレベルなら、いいけどね」

キャロルはいったんそこで言葉を区切り、周囲を見回した。

胸ポケットから煙草《たばこ》の箱を取り出した。

バージニア・エスだ。

特徴のある細長い煙草を咥《くわ》えるとデュポンのライターで火をつけた。六〇年代のフランス映画のような風景だ。

この国では西側ほど喫煙に対してうるさくない。どのテーブルにも灰皿があった。

「ねぇ。最近このプラントの様子がおかしいと思わない？」

唇をすぼめて細い煙を吐いたキャロルが、フランス語で聞いてきた。

本橋は何とか理解した。

「いや？」

何を言っているのかまったくわからない。本橋はウォッカをもう一杯呷る。

キャロルがつづけた。

「鉱区の収納庫にLNGとは違うボンベがいくつもあったわ。それとは別に軍用トラックで、この施設内に妙なリュックがいくつも運び込まれたのを見た」

「なんだ、それ？」

本橋にはさっぱりわからない話だった。

「私は、収納庫の前で偶然見たの。カーキ色の大型リュックをロシアの軍人が、慎重に運び入れている様子を。リュックなのに慎重すぎたわ」

「なかに爆弾が入っているってことか？」

下手《へた》なフランス語で聞き直した。

「さあね。三日前にロビンに話したら彼も気づいていた。けどこの件、あまり突っこまないほうがいいみたいね」

キャロルが肩を竦《すく》める。

「振っておいて、もったいつけるなよ」

かなり難しいフランス語だった。きちんと伝わったかは微妙だ。本橋は前のめりになった。

「今朝、突如ロビンが消えた……」

「消えた？」

「エレナが言うには、突然帰国したようよ」

エレナとはロシア国営ガスの女性広報官だ。年齢は不明だ。三十代半ばにも見えれば五十過ぎにも見える。

英語も日本語も堪能《たんのう》で、広報官の立場を超えて本橋たち外国人ビジネスパートナーの滞在中のケアも担当していた。

もちろんケアとは言いようで監視役でもある。激動の九〇年代を経て、二〇〇〇年以降欧米化したといっても、いまだに旧ソビエト連邦の名残《なごり》をもった国なのだ。

「ロビンは個別交渉で折り合いをつけたってことなんじゃないか?」

同じプロジェクトにいるからと言っても、すべてに協調しあっているわけではない。格段に自社に有利な条件であれば、平気で抜け駆けもする。

国際的ビジネスシーンにおいては日常茶飯事のことである。

「そうなのかもしれないわね。けれども、他に急いで帰国する必要があったのかも」

「価格交渉以上に重要なことがあるかよ」

「さあね。あなたも口が堅いわね。立派だわ」

キャロルが突如、笑顔になった。

バーの入り口からエレナ・ガーソンが入ってきたのだ。

「キャロルさん。明日、二月二〇日のモスクワ便に空席がありますが、どうしますか?」

明るい声だ。

「それを手配してください」

キャロルはにっこり微笑《ほほえ》んだ。

「なんだ、あなたも帰国するんじゃないか。どういうことだよ」

「つまり英国もオランダも、今回の価格改定に関する交渉は放棄したということ」

「どういうこと？」

本橋は驚いた。

「わかっているくせに……ロンドンについたらあなたにラブレターを送るわね」

「それは？」

キャロルは答えず、そのまま席を立ちエレナと共に、バーを出て行った。

翌日、ロシア側の交渉担当者が急遽《きゅうきょ》モスクワへ呼び出されたため、結局本橋も、この寒すぎる半島にいる目的がなくなってしまった。

予定より一週間も早く帰国することにした。

キャロルがいうボンベやリュックを見ることはなかったが、本橋もこのプラント施設内に機密があることは薄々気づいていた。

それもおおよその見当がついている。

同時にキャロルとロビンも単に石油メジャーの社員ではないことも知っている。それぞれの国の諜報員《ちょうほういん》だろう。

二月二十二日。

本橋は、ウラジオストック経由で成田に戻った。コロナ禍とあって、定期便は飛んでおらず、日本企業同士で調達しているチャーター機で帰国した。社に戻るタクシーの中でタブレットを開くと、キャロルからのメールが届いていた。

戦争がはじまるという驚愕《きょうがく》の内容だった。

そして最後に、いくつかの意味不明の数字とアルファベットが並んでいた。これはその時が来たら、自分で解いて欲しいということだった。

二月二十四日。

キャロルの予言通り、ロシアはウクライナに侵攻した。

本橋は慌ててロンドンのジュエリー石油のオフィスに電話を入れた。

するとさらに驚愕する事件を聞かされる。

昨夕、キャロルの運転する車が大型トラックに追突され、テムズ川に転落したという。即死だったそうだ。

事故ではないのではないか？

本橋は共通の知人であるアムステルダムのロビン・ヘイワードに電話した。驚いたことにロビンもまた二日前に、トレーニングジムで怪死していた。

本橋は、その日から、かねてより決めていた三葉商事を退職する計画に拍車をかけた。
自分も妻も寒い土地は苦手だが南国は好きだ。
予定を早めて、さっさとイタリアへ移住することにした。

第一章　消えたキャバ嬢

1

十月十一日。

新青森駅を出発したはやぶさ二十二号が、東京駅に到着したのは定刻通り午後三時四分であった。

萩原亜由美《はぎわらあゆみ》は周囲の視線に気を配りながら、ホームをゆっくり歩いた。今夜は同伴なので、店に出るのは九時でいい。急ぐ必要はなかった。

十月の東京はまだ暑苦しく、その上に噎《む》せ返るような人いきれで、瞬く間に汗が吹き出してくる。

亜由美はトートバッグからハンカチを取り出し額《ひたい》の汗を拭いた。ハンカチを取り出す際に、トートバッグの奥底を覗《のぞ》いた。

大事な動画メモリーはちゃんと入っていたので安堵《あんど》する。

それにしても津軽《つがる》海峡は寒すぎた。

――よくもあんな海峡のど真ん中でセックスが出来たものだ。

凍《い》てつく尻山を割られ、その中心を本橋の硬い肉棒で突かれまくったのだ。

あの男があんなに激しく欲情したのは初めてで亜由美は驚いたものだ。思い出しただけで、はしたなくも股間が疼《うず》いてくる。下着をつけていないので、いまにもとろ蜜が太腿《ふともも》を伝って流れてきそうだ。

『東京駅では、出来るだけ人目につくように通路の中央を歩け』

本橋時雄からそう命じられていた。

本橋は三葉商事のエネルギー本部に勤めるエリートサラリーマンで、亜由美にとっては最大の太客《ふときゃく》だ。

この男が、毎週のように接待に店をつかってくれるので、自分は常にナンバー3以内の売り上げを確保しているのだ。

本橋曰《いわ》く、人目に付くように歩くことイコール身の安全に繋《つな》がるということだった。自分が運ばされている動画メモリーにはそれほど重要で危険なものが映っているらしい。

動画撮影時は、バックで突かれっぱなしだったので、そのレンズがどこを向いていたのか、亜由美には、たしかな記憶がない。

最初はセックス行為を撮影されるのかと焦った。

だが本橋が小型カメラのレンズを向けていたのは、キャビンの窓の外側で、行き交う船舶だった。

肉の繋がった部分や、サマーセーターを捲《めく》って露出させられた乳房やその紅《あか》い尖《せん》端《たん》にレンズが向くことはなかった。

中古車をたくさん積んだ貨物船だったように思う。デッキでは数人の男たちが何かの作業をしていた。

亜由美は本橋が自分とのセックスを見せたがっているのだと思っていた。

もっとも見てもらえるほどの距離ではなかった。亜由美の肉眼でも、向こう側の人物の顔まではわからない。黒い影が何かを背負って動き回っているということぐらいしかわからなかった。

セックスのほうは刺激的だった。いつもはどちらかといえば淡白な本橋が、あの日だけは何かに憑《と》りつかれたように激しく腰を振っていた。思い出しただけでも花弁が蠢《うごめ》き女壺が疼く。

彼にそんな大露出の嗜好《しこう》があったことなど知らなかったが、亜由美はまんざらでもなかった。車内とか公園とかでは恥ずかしすぎるが、海に浮かぶクルーザーの上ならまったく平気だ。

この動画がどんな内容なのかは知らない。特殊モザイクがかかっていて、本人以外は再生できないらしい。

津軽海峡で船上セックスをしている最中に、驚いたことがある。軍艦を何隻も見たことだ。それも他国の軍艦だった。白と青と赤の三色旗。縦ならフランスだと亜由美にもわかるがその三色旗は横三色だった。いっしょに赤い旗の軍艦もいた。本橋はそれらの軍艦も撮影していた。そういうことがきっと機密めいたものなのだろう。

その本橋はJAL一四二便に搭乗して疾《と》うに羽田《はねだ》空港に到着しており、すでに丸《まる》の内《うち》の本社で仕事に励んでいるはずだ。

新幹線が大宮《おおみや》を過ぎたところで、本橋からメールがあった。

【パンツは脱いで、トイレに捨て、スカートはウエストを折り返して五センチ短くしろ。そのほうが覗《のぞ》き愛好者が見守ってくれる】

SMのご主人様のような文面だった。

人目につくことが身の安全に繋がると何度も聞かされたが、本橋はやはりそういうプレイが好きなのではないかと思う。

亜由美は悦《よろこ》んで黒のレース付きパンティを脱いでトイレに流してきた。スカートも言われたとおりにした。

慣れない黒のスカートスーツを着ていたが、このぐらい短くしたほうが店にいるときと同じで歩きやすい。ちょっと屈《かが》むと、尻の割れ目が見えそうな短さだ。ローアングルで眺める奴《やつ》がいたら、肝心な部分までばっちり見えてしまうだろう。

軽くヒップを振りながら歩いた。

尾行者がいるかどうかなど、わからない。自信過剰かもしれないが、後方を歩く誰もが自分のヒップを眺めているような気がしてならない。

そうだとすれば、本橋の思惑通りだ。

一番線ホームの階段を上る。新宿までは中央線の快速電車を使うのが一番早い。階段を上がる手前で、いったんトートバッグの中身を確認しようと立ち止まり、前屈みになった。

つるりと生尻が露出したようだ。かっと身体《からだ》が火照る。動画メモリーはきちんと入っていた。

裾をわずかにひいてから上った。

上るほどに、気分が高揚してくる。奇妙な高揚感だ。

女の肝心な部分を、ダイレクトに覗き見られる恍惚《こうこつ》と恥辱といえばいいのだろうか。店では意図的にパンチラする亜由美だが。それとこれとは次元が別だった。何しろ穿《は》いていないのだ。

最上段に到着し、さりげなく振り返った。

自分の背後に逆Vの字状に人がおり、一様にぎらつく視線をあげていた。

アソコが見えるか見えないか、ぎりぎりのラインだったのではないだろうか。さまざまな位置から見ている者がいる。

それこそがまさに、本橋が考案した身を護《まも》る移動法だった。

午後の日差しが降りそそぎ、長い人影を作っているホームの中ほどに進んだ。ぞろぞろと人がついてくる。

鉄と油の匂いをさせながら、電車はすぐにやってきた。オレンジのラインが入った車両だ。

つくづくタイトスカートでよかったと思う。フレアなら、大変な光景を晒《さら》していたところだ。

車両はかなり空《す》いていた。

車両中央の席に座るとスカートの裾が太腿の付け根ぎりぎりまで上がってくる。これでは陰毛をきれいに剃《そ》った土手は丸見えになってしまいそうだ。

亜由美はトートバッグを膝の上に載せ、とりあえず、両膝をきちんと合わせ、太腿も寄せた。

正面の席も数人分空いていた。

ダークグレーのビジネススーツを着た体格のよい中年男、かなりくたびれた野球帽を被《かぶ》った老人、分厚いレンズの黒縁眼鏡《めがね》にリュックを手に持った肥満体の若者が、それぞれ座った。

電車が動き出すなりその三人の視線が一斉に亜由美の両膝頭のあいだに注がれた。膝が崩れたのだ。おそらく土手は丸見えだ。

男たちは眼を見開き、口は真一文字に結んでいた。恐ろしいほどの執念を感じた。男は何故、そこまでして女のシンボルを見たがるのだろう。

恍惚が恥辱に勝った。

夜明けのボーイズバーでよく顔を合わせるストリッパーのお姉さんたちが言う、

開脚する快感という言葉の意味が、よくわかった。

これは癖になる。亜由美はちょっと太腿を開いた。三人の男が一斉に前のめりになった。思わず笑ってしまいそうになる。

神田《かんだ》駅で乗った新たな客が、亜由美の前に数人立ち、三人の男たちの願望を遮った。それでも、立っている客と客の隙間から、必死に視線を這わせてくる男たちのけなげさに、亜由美は、びっしょり濡《ぬ》れた。

視線は他の位置からも注がれていた。駅で客が入れ替わるたびに少しずつ近づいてくる客もいる。東京駅で、亜由美がノーパンと知った連中に違いない。

みんなアソコを見たさに、亜由美を監視してくれているのだ。

まさに本橋の計算通りだ。

約十五分で新宿駅に到着した。

目の前に立つ客が去った瞬間に、亜由美は両脚をガバリと開いてやった。視界が開けた上に、思わぬ眼福《がんぷく》を得た三人の男たちは、歓喜に大きく口を開けた。

亜由美はそのまま立ち上がり降車する。

東口に出て、靖国《やすくに》通りを渡った。三日ぶりに戻った歌舞伎町《かぶきちょう》だ。

夕方四時すぎ。

まだキャッチは出ていないが、顔なじみのスカウトたちが、ゴジラ通りのいたるところに立っていた。

ようやく陣地内に帰還した思いだ。

拉致でもしようものなら、すぐにスカウトたちが飛んできて、ここいらを仕切る神野《かみの》組に報《しら》せが飛ぶ。

亜由美は、安堵した。

それでも花道通りから区役所通りへと、わざわざ人の多い通りを歩く。これも本橋の指示だった。

亜由美が歌舞伎町の大箱キャバクラ『フォクシーレディ』のナンバークラスのキャストであることは、界隈《かいわい》の業界人ならたいてい知っている。それらの視線がおのずとセキュリティ効果を持つ。

安全に動画メモリーを自宅まで持ち帰らねばならない。

花道通りの中ほどACB会館《アシベ》を過ぎたあたりから、やたらタンバリンの音と歌声が聞こえてきた。昼キャバだ。客とキャストがハイテンションでカラオケを歌いまくっているのだろう。ほとんど騒音でしかない歌声があちこちから反響してくる。

この界隈から、続々と並ぶホストクラブの看板を見上げながら、花道通りの東の果てまで来た。前後左右を確認する。尾行者はいないようだ。区役所通り、さらに明治通りを越えると新宿六丁目になる。職住接近がよいとはいえ、住所は変えておきたかった。

徐々に西に傾き始めた太陽が、東新宿一帯を黄金色に染め上げていた。

2

新宿六丁目の自宅マンションに戻ったのは、午後四時二十分だった。

『ブルーパレス東新宿壱番館』。

店まで徒歩十分の位置にある五階建ての低層マンションだ。三十六世帯のすべてが水商売関係者という、この地ならではの住民構成だ。

亜由美は三日ぶりにベランダ側の窓を開けた。部屋中にこもっていた温気《うんき》が、黄昏《たそが》れ始めた空に舞い上がっていく。

最上階の角部屋だった。家賃は二十五万円。二ＬＤＫだ。ダイニングテーブルやソファなどの調度品のほとんどはイタリアの同じブランドで統一してある。

本橋との待ち合わせは午後八時。レストランで食事してから、さくら通りの『フォクシーレディ』に入ることになっていた。

コーヒーでも一杯飲んで、入浴しようと思う。

着替えは後回しだ。

亜由美は、歌舞伎町という街そのものが好きで、あえて職場から徒歩圏に住むことにした。

歓楽街に住むというのは、想像した以上に心地よかった。

福井の高校を卒業し上京。美容専門学校を一年で中退しキャバクラに就職した。以来この街に住んでいる。最初は、寮としてあてがわれた二ＬＤＫに四人暮らしという環境だったが、指名が増えるごとに、部屋は立派になった。この街から出るという発想はなかった。歌舞伎町が好きで、キャバ嬢が憧れの職業だったからだ。

アイドルタレントにはなれそうにないが、似たような承認欲求を満足させてくれる職業だ。指名してくれる客は、いずれも自分のファン。毎日がファンとの交流会のようなものだと、亜由美は思っている。

キャストと呼ばれることも気に入っていた。ホステスではない。キャストだ。タレントみたいだ。

中でも三葉商事の本橋時雄は、後援会長のような存在だ。本人曰くパトロンである。パトロン、古めかしい表現のようで新鮮な響きだ。パパという下品な呼び方よりずっといい。本橋は、日本語で言えばタニマチだといっていた。いずれにせよ、自分を著名人のように取り扱ってくれているということだ。

部屋の中がだいぶ新鮮な空気と入れ替わったところで、亜由美はバスルームに向かい、湯張りのスイッチを入れた。たちどころに湯の匂いが上がってくる。入浴剤を入れるとさらにいい香りが漂ってきた。

ベランダのほうで何か音がしたようだった。

バスルームからリビングに戻りながら、窓が開いたままになっているベランダのほうを確認した。

何も見えなかった。

カウンターキッチンの中に入りコーヒーを淹《い》れることにした。デロンギのエスプレッソマシーンをセットする。

疲れを飛ばす濃厚な一杯が欲しい。

マシーンと相性がいいムセッティパラディッソ豆を砕く音と共に香ばしい深煎《ふかい》りコーヒーの香りが漂ってくる。この香りが好きな亜由美はうっとりとなった。コーヒーカップに注がれるのが待ち遠しい。

そのときだ。

ふと気配がしたので、亜由美は顔をあげ、キッチンの真正面にあたるベランダのほうに視線を向けた。

窓の外に男が立っていた。

髪を短く刈り込んだ大男だ。猪首《いくび》で耳は反りかえっている。プロレスラーのように胸板が厚い。

亜由美は息を呑《の》んだ。

ここはマンションの五階だ。どうしてそこに男がいるのか？　理解しようがない。

男もじっと亜由美を見ていた。

いつからそこで見ていたのかわからない。亜由美がエスプレッソマシーンを操作しているころから、ずっとそこにいたのかもしれない。

男は彫りの深い顔立ちで、ネイビーブルーのジャンパーとジーンズ姿で、リュックも背負っていた。亜由美を見る眼は暗い。

――どういうことだ？

エスプレッソマシーン特有の蒸気の音がした。蛇口から濃いコーヒーが注がれ始めた。

そのマシーンの真横にワインオープナーが見えた。亜由美はそれを握りしめた。ステンレス製のウイング式だ。ウイングを開いてドリル部分を剝《む》き出しにする。少しだけ気持ちが落ち着く。

「ストーカー？　でも店では会ったことがないわよね」

語尾が震えそうになるのを必死に堪えながら訊く。

巨軀《きょく》の男はそれには答えず、無遠慮に部屋の中に踏み込んできた。編み上げブーツを履いていた。あれで蹴り上げられたら、ひとたまりもないだろう。

亜由美は身構えた。カウンターキッチンが唯一の砦《とりで》のようなものだった。投げるものを探す。クリスタルのグラスがふたつ並んでいる。左手でワインオープナーを構えたまま、右手でグラスを男の顔面に向かって放り投げる。

目標よりもやや低く飛び、グラスは男の胸に激突した。木っ端微塵《みじん》に割れた。グラスはチェコ製のクリスタルだ。

そんなバカな。

恐怖に顔が引き攣《つ》るのが、自分でもわかる。

もはや助けを求めるしかない。

さらにもう一個のグラスを、今度は渾身《こんしん》の力を込めて、ベランダの外へ目がけて投擲《とうてき》した。グラスは風を切り、外へ飛んだ。

数秒でアスファルトに当たる音がした。

「ばか野郎！　ふざけんじゃねぇぞ」

「百万、二百万じゃすまねぇからな。おらぁ、ツラ出せよ」

路上で、チンピラらしき男たちが喚《わめ》いた。

お願い上がってきて！

その手の輩《やから》なら、わざわざオートロックの扉のある正面口から入らずとも、一階住人の窓をたたき割ってでも侵入してくるはずだった。

後のことは店に頼むとして、とにかくヤクザだろうが、半グレだろうが、いまこの局面を打開してほしい。

けれども男は慌てる様子もなく、ゆっくり進んできた。

キッチンの内側に入ってきた。

砦だと思っていたはずのカウンターキッチンが、逆に逃げ道を塞ぎ、亜由美は、袋の鼠《ねずみ》状態になった。

引き下がる以外に手がなくなった。脳内が混乱する。なんでこんな目に遭う。

「なによ、あんた、私に手を出したら、神野組に殺されるわよ！」

精一杯の抵抗を試みたが、男は片眉を吊《つ》り上げただけで、さらに詰め寄ってきた。男の右手が伸びてきて、亜由美のバストを鷲摑《わしづか》みにした。黒のスーツジャケットの上からだったが、グローブのような手で、もぎ取られるのではないかと思った。

「いやぁ、近寄らないで！」

両手で握ったワインオープナーを突き出した。恐怖で脳が混乱していたせいか、ドリルの尖端は男の心臓の辺りに刺さっていた。

男が初めて表情を浮かべた。笑顔だ。ドリルは埋まったままだ。抜こうとしても、さらに押し込もうとしても動かない。何か特殊なベストを装着しているようだった。

「いや……いやよ」

亜由美は死を感じた。

涙を浮かべた、そのとたん、男の膝がドカンと股座《またぐら》に叩《たた》き込まれた。

痛烈なマン蹴りだ。

ノーパンのままだったことを思い出した。生まんじゅうにジーンズの膝頭が激突する。花びらも陰核も真っ平に伸ばされる。

続けざまに、もう一発見舞われた。脳までぐらぐら揺れる。

「ぐふっ」

同じ場所だ。女の象徴が破壊されてしまいそうだ。

「やめて、やめて、お願いだから、壊さないで」

亜由美は必死な思いで、身体の向きを変え、股間を両手で押さえた。

「ケツを割ってやる」

男がはじめて声を発した。彫りの深い顔立ちや冷蔵庫のような体つきから、外国人かとも思っていたが、男の口から出た日本語は、実にナチュラルだった。

日本人だ。

「いうなりになりますから、許して」

「無理だ」

男は黒のスカートの裾を捲り上げると、つるりと出た尻山の中心に、これまでよりもさらに強い膝蹴りを見舞ってきた。

「あうっ！」

身体が飛び上がるほどの威力で、尻の穴から広がる激痛は脳にまで響いた。亜由美は床に頽《くずお》れた。

辛うじて意識は残っていたが、もはや恐怖が先立ち、動くことすらままならなかった。ただ、薄目を開けて、その場にじっとしていることにした。

　──死にたくない。

　思考は、その一点にだけ集中する。二十六歳で、人生をカットアウトしたくない。

　男はリュックを下ろし、中から黒い袋とロープを取り出した。身長百六十センチの亜由美がちょうど入るような大きさだった。

　後ろ手と両足首を縛《いまし》められ、袋を頭から被せられた。

　真っ暗闇になった。聴覚と臭覚が敏感になる。バスルームからの入浴剤の香りと、エスプレッソの香りが、数分前までの日常の残り香のように漂っていた。その日常が遮断されてしまったのだ。

　男が着替えているような音がした。

「段ボール箱と台車を、五〇一号室の前に」

　誰かにそんなことを言っている。他に人がいる気配はないので、スマホでの会話だろう。

「おいこらっ、グラスの破片で、俺様の腕が傷ついたぜ。放り投げたのはどこのクズだ。シカト決めてねぇで、出てこいや！」

　まだ路上でチンピラが吠《ほ》えている。男がエスプレッソカップを摑む気配があった。

　少し冷めたことだろう。

風を切る音がした。僅かに間があって、路上でカップが割れる音がした。

「おぉおお、熱っ。そこかよ、その部屋かよ」

「いまから上がって行くからよ！　覚悟しろよ」

チンピラたちの怒声が響く。ゴジラビルの横にたむろしている半グレか、それとも歌舞伎町を締める神野組の地回りだろうか。

バスルームから『お湯張りが終わりました』の知らせが妙に明朗なチャイムの音とともに流れてくる。

玄関ドアがけたたましい音を上げた。蹴り上げている音だ。男の仲間よりも先に、チンピラが部屋を探してきたようだ。

男が扉を開けた。

「なんだてめぇ、どこのもんだ！」

いきなり罵声を浴びせながら、チンピラが躍り込んできたようだ。

「ぐわぁ！」

その男の悲鳴があがる。

「おいおい、てめぇ、誰と喧嘩《けんか》してんのかわかってんのかよ。歌舞伎町舐《な》めんなよ」

もうひとりのチンピラの声だ。

派手な音がした。玄関からリビングに通じる短い廊下の壁や床が叩かれているようだ。金属バットか何かではないか。

音が徐々にリビングへと近づいてくる。亜由美を拉致しようとした男が追い込まれているのかもしれない。

「助けて！　私はフォクシーレディの亜由美！　そのどでかい男に拉致されそうなの！」

黒袋の中で、亜由美は声を振り絞った。助けてくれたチンピラに一発、二発やられるのは仕方がない。なによりも命だ。

「てめぇ、変態の客だな。この街で、チンケな真似《まね》しやがって。死ねや！」

チンピラはそう捉えたらしい。

ダイニングテーブルのあたりで、ドカンと音がした。亜由美は、巨漢の男が倒れたのではと、期待した。格闘しているような音が続いた。ダイニングルームがあちこち破壊される音だ。

「うっわぁあああああ。痛《い》てぇ。痛てぇよ。あぅ、指は折らねぇでくれ！」

十秒後ぐらいに聞こえてきたのは、乗り込んできたチンピラのひとりの声だった。

「ひっ、うわぁああ。眼はやめろ。百万やるから潰さねぇでくれ！　あっ」

最後は短く唸《うな》っただけだった。

ずるずるとバスルームのほうへと引きずられていく音がする。亜由美を拉致しに来た男は、沓脱場《くつぬぎば》あたりで気絶しているらしいもうひとりの男も、バスルームへと引きずっていったようだ。気絶していた男が、一瞬ぎゃっ、と短く叫ぶ声がした。

歌舞伎町のチンピラふたりを、たやすく倒してしまったようだ。

玄関チャイムが鳴った。

「遅いぜ。部屋の扉のロックは外れている。急げ」

男がインターフォンに答えた。正面入り口のロックを外したようだ。暫《しばら》くして、誰かが上がりこんできた。

「あなたにしては、ずいぶん手間取ったようね」

女の声だった。声質は低い。

「このマンションの前を極道がうろうろしていた。邪魔だてされると面倒だから、引き寄せて、処分しておいた。バスルームで寝ている」

女はバスルームに向かったようだ。

「あなたのやり方って、即物的すぎだわ」

戻ってきた女が言った。

「殺してしまうと、逆に面倒だからな。とっとと運び出すぞ」

「ダーダー」

女が答えた。ダーダー？　どういう意味かと考える暇もなく、顎のあたりに拳が撃ち込まれた。撃たれたのは顎なのに脳の内部が激しく揺さぶられ、すぐに意識が遠のいた。

3

亜由美は目を覚ました。

黒袋からは出されていたが、手足は縛られたまま床に転がされていた。どこかのマンションの一室のようだった。エアコンは適温に保たれているようだ。ベージュの分厚いドレープカーテンが窓を覆っていたが、隙間からわずかに外の光が差し込んでいた。

これはまだ夕陽《ゆうひ》だ。赤い空が広がっているように見えた。とすれば気を失ってから、さほど時間が経《た》っていない。せいぜい二時間程度ではないか。午後六時半。そんなところか？　スカートスーツは着せられたままだったが、ノーパンであることも変わりなかった。

額に入ったリトグラフの絵が壁に一枚かかっていた。雪の降る街角だ。ヨーロッパのどこかのようだ。パン屋と花屋の前を、黒いコートの襟をたてた老人が歩いていた。

深閑としていた。窓の外の音はまったく聞こえない。亜由美は、床を転がりながら窓辺へと寄った。ドレープカーテンの端を口に咥《くわ》え、捲り上げた。

全面ガラス窓の向こう側に東京タワーの尖端がまぢかに見えた。

このマンションは、かなり接近した位置にある。

都庁舎ならば、亜由美は見ただけで、自分のいる方角が推測できるのだが、東京タワーではそうならない。だが、タワーとの距離から見て、芝《しば》界隈の超高層マンションではないかと思う。

まだ頭が重い。睡眠剤を飲んだ後のぼんやりとした感覚とは違い、顎関節から側頭部に明白な痛みが残っている。アッパーカットを食らってダウンしたボクサーにも、こんな衝撃が残っているのではないだろうか。

カーテンはすぐに閉めた。ガラス窓を開け叫んだところで、とても地上に届くようなものではない。

下手に助けを求めて、攫《さら》った相手を怒らせないほうがいい。

――これからどうなるのだろうか。

先の見えない恐怖に取り憑《つ》かれた。

自宅マンションに不意にやってきた男女が何者なのかわからない。彼らの目的が、本橋に運搬を頼まれた動画メモリーだろうということは見当がつくが、自分が攫われた理由がわからない。

亜由美は、津軽海峡で本橋が撮影していたものが何であるのかは、はっきりわからないのだ。なにせバックで挿入されていて、それが気持ち良すぎて、キャビンの窓から見えていたものなど、ほとんど記憶していない。リゾートというには、海峡の波は荒れていて、やたらと外国船が行き来しており、正直外の風景は不気味だったという印象しか残っていない。

扉が開く音がした。

若い女が入ってきた。髪をシルバーアッシュに染めた整った顔立ちの女だった。長身でスタイルもいい。だが、双眸《そうぼう》から放たれる青い光は氷のようなだった。

おそらく亜由美を運んだ女だろう。

黒革のパンツにグレーのTシャツ。ポラリスのネックレスをしていた。

その女が亜由美のスカートを捲《めく》った。陰部が丸見えになった。背筋が凍る。ここは男に見られるよりも、恥ずかしい。

女は首を傾《かし》げた。何故下着をつけていないのだろう、という表情だ。陰部を撫《な》で上げ、肉丘に指を這《は》わせてきた。左右に割られる。エイのようにぬらめく二枚の小陰唇の間から、秘孔が爆《は》ぜた。亜由美は天井を向いた。女は長い間、そこを凝視していた。

暫く凝視された後、指を入れられた。

「ひっ」

亜由美は呻《うめ》いた。細い指が、膣《ちつ》の粘膜を執拗《しつよう》に撫でまわし、時おりピストンも混ぜてきた。恐怖で強張っていた身体が熱を帯び、いつしか歓喜の声まで漏らすようになった。

大陰唇の合わせ目にある表皮を剝《む》かれたときは、もう脳が発情していた。硬くなった女芽を摘まれ、扱《しご》かれる。

「あうぅうう」

手足を縛られたまま、亜由美は狂乱した。同性なぶんだけ的を射た責めが続いた。表皮を上下させる女芽摩擦と、秘孔への指ピストンの二重奏に亜由美は、何度も絶頂させられた。服は着たままだった。

縛りを解かれたのは、三十分後であった。亜由美は、ぐったりとなっていた。度を越した快楽に完全にノックアウトされていた。

スカートスーツは着せられたままだったので、特に上半身は蒸れそうなほどに汗をかいていた。

「明寿《メージュ》、入ってきていいわよ。もうこの子、抵抗しようがないから」

女が声をあげた。やはり運びにきた女の声だった。

扉が開き、男が入ってきた。亜由美の自宅マンションに突然侵入してきた男だった。明寿という名らしい。明寿は、灰色のスウェットに着替えていた。

「冬子《とうこ》の指責めにあったら、女はたまらないよな。無理やり何度も昇《い》かされる」

女の名は冬子か。

「じゃぁ、尋問は任せたわよ。私は見学させてもらう」

冬子がベッドから降りて、窓辺に立った。代わって明寿が亜由美の前に腰を下ろす。明寿の青みがちの双眸に見据えられた。

「なら、質問させてもらおうか」

明寿の太い指がジャケットに伸びてくる。脱がされる。すぐにブラウスのボタンも外された。

「何をですか」

「本橋はどこまで知っている？」

ブラウスの前が開き白のブラジャーに包まれた乳房が露出する。谷間には玉のような汗がたっぷりと浮かんでいた。ジャケットもブラウスも脱がされた。ブラジャーと黒のタイトスカートだけという妙な格好になった。

「意味がわかりません」

「あんたは二時間前までの日々には二度と戻れない。知っていることは、すべて喋《しゃべ》ったほうがいい」

明寿の口調は、穏やかだった。

「喋ったら殺すんでしょう？」

「まだ決めていない。価値があるとわかれば仲間に入れる」

ブラジャーのフロントホックが外された。さほど大きくはないが、形がよいといわれるバストとその尖端で硬直しきった乳頭《ちちまめ》が明寿の眼に晒される。

「知っていることはすべて話します。殺さないでください」

明寿が頷《うなず》いた。乳房を揉まれた。見た目と異なり手のひらはとんでもなくやわらかだ。

「津軽海峡にはなぜ行った」

「私は同行を求められただけで理由はわかりません。けれども本橋さんは、何かの写真を撮りたがっていたようです。海峡を行き交う船を盛んに撮影していました。なにか機密を探っていたのだと思います。外国の軍艦が何隻もいたようでした。本橋さんがチャーターしたような大型クルーザーもずいぶんいました。私は海峡があんなに混雑しているものだとは思いませんでしたから驚きました」

一気に喋った。

「一番長く撮っていた船があったのではないか」

明寿が、亜由美の反応を探るように、眼を覗き込んできた。

「はい、特に長く撮影していたのは、車がたくさん積まれた貨物船でした。おふたりは本橋さんの撮った動画メモリーを奪ったのでしょう。もう私は用済みなのではないですか」

見ればわかるじゃないかと、言いたかった。

「たしかに確認させてもらった。だが、パスワードがなければ開かない」

明寿はそういうと、いきなりスウェットの上下を脱いだ。

ブリーフはつけていなかった。サラミソーセージのような色と硬度を持った男根がそそり立っていた。冬子がスマホのライトをつけて、こちらにレンズを向けた。

「私はパスワードは知りません。本当です。単純にその動画メモリーを持って帰るように言われただけです」

唇を震わせながら答える。歯がちがちと音を立てた。

「まぁ、知らんだろうな。撮影の時に人とか積荷は見なかったか」

そう訊く明寿に左右の足首を取られ、まん繰り返しにされた。

冬子にさんざん弄《もてあそ》ばれ濡れまくっている淫処が上を向く。

恥ずかしかった。

その蠢《うごめ》く小陰唇の上を明寿の太い亀頭で何度か擦られた。

「あぁ」

喘《あえ》いでいる場合ではないのに、やたら声が出る。

肉同士が馴染《なじ》んだところで、ぐっと挿し込まれた。

「くぅう」

ぬるぬると巨根が入り込んできた。すでに膣は蕩《とろ》け切っている。鰓《えら》で抉《えぐ》られただけで亜由美は、快楽の頂点へと一直線に導かれた。

「あぁあっ、イク、イキます！」

「撮影した船の上で何か作業をしていなかったか？」

サラミソーセージの全長を挿入されながら訊かれた。

亜由美は眉間にしわを寄せ、次々に押し寄せる絶頂の波に耐えながら、懸命に、あの時の光景を思い出そうとした。

「貨物船の甲板に大きなリュックを背負った人たちが何人もいたような気がします」

子宮の上で明寿の亀頭がピクリと揺れた。

そういえば本橋もその船を発見したときに、亀頭を震わせた。

あれはいったい何の船だったのだろう。

「リュックの色は？」

「わかりません。白い背景にリュックを背負った黒い人影が何人も見えたとしか覚えていません。私、そもそもその時、本橋さんにバックから突かれていたので、セックスに夢中で……漠然とした記憶しかないんです。本当です」

亜由美は正直に答えた。この期に及んで恥も外聞もない。本橋とのセックスで芯から燃えたのはこの時がはじめてで、無我夢中になっていたのだ。

明寿は笑いもしなかった。

「そのリュックって、これと似ていなかった？」

不意に目の前に、冬子がスマホの画像を差し出してきた。

どこかの国の兵士がリュックを背負っている画像だった。緑と茶が混じったような色のリュックだった。形は円形に近い。

古ぼけた写真を転写したような画像だったが、亜由美が目撃したリュックにデザインは似ていた。

「それとかなり似ていると思います。色はわかりません」

亜由美が答えると。明寿と冬子がたがいに視線を合わせ、頷き合った。

「本橋にはいつ渡す約束になっている？」

「今夜です。八時に待ち合わせて、店に同伴する予定でした」

いうなり冬子が腕時計をみた。

「店の名前は？」

「歌舞伎町一丁目の『パシーノ』というイタリアンの店です」

中庭のある歌舞伎町にしては優雅な店だ。

冬子がすぐに飛び出していった。

「あの、もうこれで私の役目は終わりでしょう。帰してくれませんか。私も歌舞伎町のキャストです。口は堅いです。このことは口外しません」

「無理だな。あんた、俺たちの顔を見ちゃったから」

「この先私は、どうなるんでしょう」

「俺の女として生きるしかないよ」

明寿が猛烈な勢いで腰を振ってきた。マシンガンで子宮を狙い撃ちされているような迫力だった。亜由美がかつて味わったどんなセックスよりも迫力があった。

「はいっ、私、あなたの女になります。いつでも好きな時にセックスしてください」

亜由美はしがみついた。生きる道標を得た思いだ。

「ただし、俺が飽きたら終わりだ。その時は、生きていられない。俺はスケベな女が好きだ」

抽送しながら、明寿は乳房にも吸い付いてきた。べろべろと舐めまわされる。亜由美は悶絶《もんぜつ》した。

「私、どスケベです」

なりふりかまわず、亜由美は腰を打ち返しながら、明寿の乳首に舌を這わせた。涎《よだれ》をたくさんまぶしながら、舐めしゃぶる。

明寿の口から、かすかに喘ぎ声が漏れた。

4

「景子《けいこ》、そこはよせ、出ちまうよ」

睾丸《こうがん》から尻の穴に向けて丁寧に舐められ、神野徹也《てつや》は、軽く喘いだ。

東日本最大の勢力を誇る関東舞闘会の若頭にして歌舞伎町の三割をシマにする神野組の組長だ。喘ぎ声など子分には聞かせたくない。とはいえこの女は、舌の使い方がうますぎるのだ。玉袋の皺《しわ》を一本一本丁寧に舐め、徐々に尻の中心まで責められると、もうたまらない。ギンギンに勃起した肉槍の尖端が爆発してしまいそうなのだ。

「いやよ。まだ噴き上げないでよ」

情婦《イロ》の喜多川《きたがわ》景子が、玉袋の底から舌を離し、いきなり跨《また》がってきた。騎乗位だ。

景子には二年前までは大箱のキャバクラを一軒任せていたが、コロナ渦にあって、デリヘルに転業させていた。支配下の風俗嬢は十五名。もちろん、景子も率先して稼ぎに出ている。そのせいか、舌や指のスキルがやたら上がっている。

「いきなりかよ」

「だって、親分、このところ一回出しちゃうと、ひと眠りしちゃうんだもの」

巨尻が蹲踞《そんきょ》の姿勢から、ずっぽりと肉槍を飲み込んだ。蜜壺がぴっちり包み込んできた。しかも入り口、中膣、奥膣の順に締めやがる。

「ふぅう」

神野は歯を食いしばった。もう本当に射精してしまいそうなのだが、ここは任侠《にんきょう》道に生きる者としての意地がある。

天井を睨み、太腿を力《りき》ませた。

スパーン、スパーン、パンパンパン。

「いいわ。親分の宝刀、かちんこちんで、擦りがいがある」

景子は、巨尻を跳ね上げては、一気に下降させてくる。このダイナミックな出し入れが堪《たま》らない。

「よせやい、こっちは必死で踏ん張っているんだ。ささっと、昇り詰めやがれ」

神野は両手を伸ばし、景子の女陰の合わせ目に指を添えた。皮をむき淡いピンク色に染まった女芽を、ぐいぐいと揉みしだく。

「わわわっ。親分、それは反則だってばっ。あぁーー」

景子の身体が、一気に前に倒れてきた。神野は窒息しそうになった。ヒップ同様、景子のバストはとんでもなく大きく重い。赤ん坊の尻がふたつあるようなものだ。そいつが顔を塞いだのだから、堪らない。

神野は、乳首を甘く噛んだ。挿入、女芽触り、乳首噛みで、一気に飛ばしてやるしか手はない。

「あぁああ、昇《い》っちゃう」

感極まった景子が、膣壺のすべてをきゅっと窄《すぼ》めた。手筒の握力に近い。

「おぉおおっ」

神野も、切羽詰まった。子宮目がけて汁が飛ぶ。第一波だ。

四十前だというのに、このところ精子の出が悪い。一気にドバッとは出ず、一波、二波、三波と分かれて飛びやがる。なんとも締まりのない話だ。

「あぁああ、いいわぁ」

景子は絞り込んだ膣層で、まだ小刻みに出し入れしている。

「ううっ、たまらん」

と第二波を飛ばした瞬間だった。

ガンガンガンと扉がノックされた。

「ばか野郎。まっ最中だ、入ってくるんじゃねぇ！」

神野は怒鳴った。

ここは神野組の本部だが、そもそもラブホテルだった建物で、組長室は最上階のスイートルームを改良していた。神野は円形ベッドにガラス張りのバスルームが気に入っている。歌舞伎町二丁目の中央部にある古城のような外観の建物だった。

「親分、緊急っす。マコトとテルがやられました」

特攻隊長の内川《うちかわ》の声だ。

「なんだとっ」

神野は、第三波を飛ばしながら半身を起こした。

「いやっ、いま抜かないで！」

景子が悲痛な表情を浮かべている。絶頂の余韻で膣層がぷるぷる震えているところだった。

「そうもいかねぇ。総長にどやされる。内川、入れ」

「へいっ」

扉が開いて、特攻服を着た内川が入ってきた。景子が飛びのき、バスタオルを巻いてバスルームへ飛び込んだ。とはいえガラス張りなので、シャワー姿も丸見えである。

「どういうこった？」

神野はボクサーパンツを穿きながら聞いた。

「区役所通りの向こうのマンションで、バスルームに押し込められていましたが、どこのどいつがやったのか……ひどい具合で、じきにこっちに運び込みます」

内川が早口でまくし立てた。

マコトとテルというのは、東宝ビルの横にたむろしていた不良で、堅気をカツアゲしていたところを内川がボコって準構成員にした者たちだ。まだ二十歳ぐらいだろう。半グレが堅気を相手に悪さをしていないか、パトロールさせていたはずだ。

「わかった。まだサツには知れていないんだな」

「へい。こっちが先に見つけてよかったっす」

「どうやって、現場を探り当てた？」

神野はバスタオルを羽織りながら確認した。

「五時の定期連絡が入らねぇもんで、ガキども飛びやがったかと、若い衆に聞き込みさせたら、六丁目のマンションに入るところを、コンビニにいたホストのひとりが見たというので、乗り込みやした」

定期連絡というのは、極道の決まり事だ。

自分がいまどこで何をしているのか、という報告を必ず組本部に連絡しないとならない。

二時間に一度程度だ。

パチンコ屋にいようが、殴り合いをしていようが、必ず電話しないとならない。それが鉄則なのだ。連絡のない場合は、組抜けをしたとみなされ、即座に追手がかかる。組事務所に連れ戻されたときの、シゴキは半端ない。

だから、定期連絡がないということはありえない。

「どうもそのマンションの五階の角部屋のベランダからグラスが飛んできて、マコトの腕に当たったみたいで、ふたりは怒鳴っていたようです。これは通りかかった酒屋の店員の話です」

内川が説明した。

歌舞伎町では、空から物が落ちてくるのは日常茶飯事だ。グラス、ボトル、刃物ならまだいい。家具や人まで降ってくる。

「部屋の主は？」

「フォクシーレディの亜由美ってキャストだそうですが、部屋にはいませんでした。いま、不動産屋経由で防犯カメラの画像をひっぱっています」

内川は段取りよくことを納めているようだ。シマ内の不動産屋はたいがい神野組に通じている。

「おいっ景子、いつまで、まんちょを洗っていりゃぁ気が済むんだ。速攻、フォクシーレディって店の店長を呼んで来い」

この街の水商売の内実を当たらせるには、景子を走らせるのが一番だった。なにせ、二年前までは花道通りの大箱『シスターギャング』のナンバーワンかつママだった女だ。

「はい、すぐに行ってきますよ」

バスローブ姿で出てきた景子はすぐに服を着始めた。

再びドアがノックされた。

「マコトとテルを確保してきました。地下倉庫っす」

内川隊のひとり松本《まつもと》の声だった。

「おうっ」

神野はステテコにダボシャツ。それに腹巻をして組長室を飛び出した。エレベーターに乗るのももどかしく、階段を跳ねるようにして降りた。

コンクリートうちっぱなしの地下倉庫のソファにふたりが座っていた。うなだれている。

一目見て、神野は絶句した。

マコトもテルも眼球から血と涙が流れていた。極道でもめったにやらない目潰しだ。

「顎も外されていたんですが、いま入れてやったところです。千葉《ちば》先生が道具を持ってこっちに向かっています」

千葉とは、千駄ヶ谷《せんだがや》の極道専門医だ。裂傷から骨折まで、すべて闇で治療してくれる。

「てめえらの面倒は、一生見てやる。心配すんな。やった奴の顔は見たか？」

神野はマコトに訊いた。

「極道というより、海兵隊のようなやつでした。でかい男です。ハーフっぽい顔でした。情けねぇことになり、おやっさん、すみません」

「テルは何か見たか？」

もうひとりに聞いた。

「黒い袋の中から女の声がしました。拉致られたと。だから俺たちは、最初、キャバ嬢のストーカーかと思ったんですよ。こいつは絞めておかねぇと。ところが、とんでもなく強《つ》ぇぇ男で……少しだけまだ見えていますが、これ治るんでしょうか」

テルのほうは、血よりも涙のほうが多く流れていた。

そこに、医者が飛び込んできた。千葉修《おさむ》。小太りの中年だ。茶色のスリーピースにドクターバッグを提げている。

「先生、とりあえず一千万円だ。どうにかしてくれ」

神野は腹巻からカギを取り出し、松本に放り投げた。松本がすぐに組長室に走った。大金庫に常に五億は入っている。それが与党極道というのものだ。

「いやぁ、これは悲惨じゃな。この光は見えるかな」

千葉がマコトの眼球にペンライトを当てた。

「少し見えます」

「なら、救いはあるな。執刀医は俺が手配する。けれど手術をするには大病院の設備がいる。組長、どこか裏ルートをつかえるかね」

千葉が眉間を扱きながら言った。

「なんとかする。とにかく専門医を手配してくれ」

「わかった」

千葉が、スマホで、どこかにメールを打ち始めた。

「おい、全員で男の画像を探し出せ。こいつはヤクザや半グレの手口じゃねぇ。マフィアだ。歌舞伎町でこれほど勝手な真似をされたんじゃ、示しが付かねぇ。いいか草の根を分けてでも探し出せ」

神野は内川の胸倉を掴んでいった。久しぶりに頭に血が上った。どうにか冷静さを保ち、総長の黒井健人《くろいけんと》に電話をした。大病院をひとつ用意してもらわねばならない。

5

本橋時雄は腕時計に眼をやった。時計をみるのは、テーブルについて三度目だった。午後八時三十分。

亜由美はまだだ。

水商売の女が、同伴の待ち合わせに遅れることは多々あることだが、今夜に限っては妙な胸騒ぎを覚えた。

――すでにあいつもマークされていたということか？

本橋は全面ガラスの窓の向こう側にライトアップされた中庭の芝生を見ながら、一抹の不安を覚えた。

ひょっとしたら、早くここを出たほうがよいのかもしれない。

テーブルの上のワイングラスを見た。

赤ワインがまだ半分残っている。

キャンティ・フィアスコだ。

先に飲み始めていた。

さほど値が張るワインではないが、藁《わら》の籠に入ったこのボトルが気に入っている。

一口飲んだ。

ワインの貿易商として独立したら、ぜひともイタリアの、まだ日本であまり知られていないワイナリーを開発したいと思っている。

五月に密《ひそ》かにローマを訪れ、オフィスも契約してあった。

もともと本橋は食品部であった。

二十代は、主に欧州に日本酒を売り捌《さば》く仕事で業績を上げ、三十代半ばからは快進撃がつづいた。

特殊な品種を持つテキサスのトウモロコシ畑との独占契約に成功し、おおきな利益をあげ、スイスや北欧のチョコレート店の日本進出の道筋を立てた。

ベルギーとイタリアが主流だった日本市場に風穴を開けることが出来たのだ。

食品に関しては勘が働くのだ。

好きだからだ。

食品は小口ビジネスで、本来は総合商社よりも小回りの利く専門商社向きのビジネスだ。本橋は単純な輸入によって利ザヤを稼ぐのではなく、国内に店舗を進出させ高級ブランド化する方法を取った。

中には本国でも無名のブランドがあったが、これに王室の推薦という箔《はく》をつけることによって人気商品に仕立てた。

商社に広告代理店のイメージ戦略をもちこんだのだ。日本で有名菓子にしたあとは、東南アジア全域での販売代理権を獲得し、利益を上積みした。さらには小麦の投機的な売買でも実績をあげた。

いつしか本橋は食品部の未来のエースとまで呼ばれるようになった。

ちょうど四十歳になった年、本橋はエネルギー本部に抜擢されることになった。

総合商社において、エネルギービジネスは基幹部門だ。

第一部は従来の石油の権益ビジネス。産油国をどう攻略するかに血道《ちみち》をあげている。

第二部は、液化天然ガス《LNG》事業。

本橋は第二部に配属になり、カムチャツカ半島における採掘プロジェクト『リオートX』のメンバーとなった。リオートとはロシア語で氷を意味する。

それは国家戦略の一端を担う部門ともいえた。

ロシアのカムチャツカ半島周辺に燃料資源が豊富に存在することは、五十年ほど前から指摘されていた。

三葉商事は、八〇年代の終わりに旧ソビエト連邦が行った国際入札に参加し、その権益を手に入れた。英国とオランダの石油会社と共に開発をはじめることになった。

海上でのプラント建設は、何度も暗礁に乗り上げた。

開発に着手した直後に、ソビエト連邦は解体され、ロシアへと引き継がれたが、混乱の時代が続いたためだ。

鉱区自体がそれまで人が手を入れていない未開の地であったため、環境破壊への危惧もあった。様々な団体から非難も浴びせられ、プラント建設は何度も中断された。

先輩たちはクレムリンの気まぐれにも翻弄されることになる。

液化天然ガス《LNG》の出荷がはじまったのは二〇一三年のことだ。

ロシア領土内における合弁プラントとはいえ、三十年越しに叶《かな》った日の丸ＬＮＧである。

本橋が配属になったのは、その四年後で二〇一七年のことである。

以来、ロシア天然資源・環境省や英国やオランダ企業との権益をめぐるさまざまな駆け引きに明け暮れることになった。

食品部にいた頃は、商いをすることが愉《たの》しくてしょうがなかったが、ＬＮＧ輸入は規模が大きすぎて、組織の駒としてしか動くことが出来ず、面白味を感じなかった。

それでも懸命に働いた。ＬＮＧの輸入こそが国益につながるという使命感からだ。

その一方で、ロシアの覇権主義をまざまざと見せつけられる局面も多々あった。

一度取り決めたルールを平気で変更してくるのだ。その条件を飲まなければ、中国企業と入れ替えると恫喝《どうかつ》してくる。

いったいこの国は本当に自由主義貿易圏と一緒にやっていけるのかと、何度も疑問に思った。

『中国とは違う。ロシアには資本主義が根付き始めている』

そうした日本政府の見解は、幻想に過ぎないのではないかと思うようになった。

ソ連崩壊から三十年を経てもなおかつこの国はまだ全体主義国家の名残がいくつも残っているのである。

そのことが決定的になったのが、二月に始まったロシアのウクライナに対する特別軍事作戦である。

侵攻の直前、本橋は『リオートX』の共同出資企業である英国ジェエリー石油のキャロル・ボンドから、ある情報を知らされていた。

ロシアは侵攻が始まると日本も欧米の側に付くことを見越して、いくつかの恫喝手段を仕掛けようとしているというのだ。

事実ならこの国はパニックに陥ることになる。

本橋は不安になった。

さっさと三葉商事を辞めて、国外に脱出すべきだと悟った。

理由を話すと妻の香織《かおり》も賛同してくれた。

香織は元テレビ局の報道ディレクターなので、スクープを得ようとするのではないかとも思ったが、そんなことはなかった。

夫婦で出した結論は、国家を救うとか、国民に脅威を知らせるとかそんな大それたことではなかった。平和な小市民としてNATO《北大西洋条約機構》所属国であるイタリアで暮らすことこそが賢明だということだった。

自分たちさえよければいい、という考えだった。

そして妻は、この国に持ち込まれようとしている不審物に対する確信を得るための証拠動画だけは撮影しておくべきだと提案してきた。

その動画が、将来自分たちを守ることになるかもしれないということだった。

本橋は承知した。

夫婦の間に子供はいなかった。ふたりだけが生きおおせればよいのだ。

香織は、本橋が愛人を持っていることを知っていた。

仕事上の必要悪だと理解してくれていたのだ。

一方、愛人である亜由美も弁《わきま》えた女だった。なにより水商売のプロとしての意識が高い。セックスの相性以上に、仕事の助けになった。

霞《かすみ》が関《せき》の高級官僚やロシア大使館員たちは銀座《ぎんざ》のクラブよりも歌舞伎町の中堅キャバクラでのほうが本音を見せた。

亜由美がさりげなく女の世話をした。

セックス要員には、口の堅い風俗嬢を選んでくれた。留学経験のある語学に堪能《たんのう》な才女を、日本語しか知らない無知な女として差しだしたりもした。

官僚も大使館員も素性を隠して遊んでいたが、女たちは口と股間でさまざまな機密情報を吸い取ってくれたのだ。

それにしても亜由美は遅かった。

本橋は再び腕時計を確認した。

午後八時三十五分。

五分しか進んでいないが、ひどく長い時間に感じられた。

スマホを見た。

メールも留守電のマークもなかった。

――何かあった。

そう察するべきであった。

考えたくなかったが、自分との関係がロシアの情報機関にバレたようだ。

本橋は通りがかった顔見知りの店主を呼び止めた。

「すまんが、連れに急用が入ったようだ。料理はキャンセルしたい。もちろん料金は支払う」

胸ポケットからウォレットを取り出し、クレジットカードを掲げた。

「お客様、キャンセル料は結構ですよ。ワインのお代だけいただきます。改めてご来店ください」

店主は笑みを浮かべている。

場所柄、同伴の約束を飛ばされる客も多いのだろう。このさりげない心遣いは嬉しい。

だが自分は、もう二度と歌舞伎町に来ることはないだろう。

店主に礼をいい、席を立った。三度目の時刻確認をする。

午後八時四十二分。

すでに自分にも危険が忍び寄ってきていると見るべきだ。

靖国通りに出て、タクシーを拾うことにした。

シネシティ広場を横切るようにしてセントラルロード方面へと向かう。

本橋が大学生だった時代は、この広場に池と噴水があり、東京六大学野球で母校が優勝すると、その池に飛び込んだものである。

いまは、アイドルオタクの中年男たちと、トーヨコキッズと呼ばれる少年少女たちが広場をシェアしていた。

まったく異なるタイプの集団なのだが、不思議と共存している。それも歌舞伎町の特徴だ。

ゴジラ通りの前まで来た。向こう側のさくら通りに、亜由美の勤める『フォクシーレディ』がある。

そのことを思うと、やはり亜由美に電話したくなった。

歩きながら、タップする。

いきなり聞きなれない女の声がした。

「はい、萩原亜由美さんの携帯です。どなたかお知り合いでしょうか」

「あなたは？」

立ち止まって問い返した。

「桜窪《おうくぼ》総合病院の看護師で町村《まちむら》といいます。萩原さんは、交通事故に遭われて、ただいま手術中です」

「なんだって！」

桜窪総合病院は、歌舞伎町二丁目の巨大ビルの中にある、中核病院だ。

「一時間ほど前に、区役所通りでワゴン車に衝突されたようです。萩原さんの所持していたトートバッグから、スマホを拝借して、どなたか電話のあるのを待っていたんです」

亜由美はトートバッグを持って本橋のもとへ来ようとしていたのだ。動画メモリーはまだ手元にあるということだ。

自分の勘に間違いがなければ、とんでもない荷物が日本国内に運び込まれている可能性がある。その運搬シーンが映っている動画メモリーだ。

「私の名前はそちらに出ているかね？」

「はい、あの……本《ほん》パパとあるのですが……お父様でしょうか」

看護師が困ったような声で言った。本当の父親でも本命のパパという意味でもない。本橋パパという意味のはずだ。

「私は本橋という。彼女の客だ。同伴する予定で待っていた。しかし、親代わりのようなものだ。すぐにそちらに行く」

「わかりました。患者に命の危険はありませんが、かなり複雑な骨折をしております。手術終了まで、病室で待機していただくことになります。私が、一階の正面入り口でお待ちします。外科・町村と書いたネームプレートをつけていますので、声をかけてください」

「承知した。つかぬことを尋ねるが、亜由美さんのトートバッグもそちらで保管しているのか?」

亜由美には悪いが、本橋にとっては、そっちのほうが大事だ。

「はい、ございます。ただしご本人の許可なくお渡しすることは出来ません。このスマホは、手術室に入る前に許可を得て私が預からせていただいております」

理に適《かな》った説明であった。

「了解した。すべての費用は私が支払う。病室は個室を用意してもらえないか」

「わかりました。どのぐらいでいらっしゃいますか?」

「いま、シネシティ広場だ。五分とかからない」

電話を切り、本橋はアスファルトを蹴った。走った。久しぶりの全力疾走だ。ワインを飲んだばかりなので、すぐに息が上がった。

歌舞伎町交番の脇を走り抜けるころにはすでに心臓がバクバクしていた。

桜窪総合病院がすぐに見えてきた。商業施設のような巨大ビルだ。エントランス前に飛び込んだ。全力で走ったので、動悸《どうき》が激しく息苦しかった。

「本橋さんですか」

背の高い、鼻筋の通った看護師が声をかけてきた。白衣に『外科・町村』というネームプレートをつけている。

「そうです」

「では、病室に案内します。あの大丈夫ですか？　息が荒いですよ」

看護師が腕を取ってくれた。

「えぇ、ちょっと走ったので……」

そう答えた瞬間だった。肩のあたりがチクリとした。針のようだ。次の瞬間、刺された周囲が急に冷たくなった。

――筋肉麻酔薬。

そう判断したときにはすでに足がもつれて、瞼《まぶた》も重くなりだした。

瘦軀《そうく》だが長身の看護師は、本橋を抱えるようにして、病院の入り口とは反対のほうへと歩き出した。

辺りは人の通りも多かったが、誰も関心を持たない。当然だ。ふらつく男を看護師が介助しているにすぎないのだ。

本橋は救急車ではなく白のワンボックスカーに乗せられた。座席に倒れこむと同時に意識を失った。

第二章　魔の手

1

「あんたぁ、『フォクシーレディ』の社長さんをお連れしたわ」

景子の声がした。

自分が中継して話を聞くよりも直接神野に伝えさせた方が早いと踏んだらしい。

エントランスから通路を歩いてくる景子は黒地にオレンジ色の花びらがちりばめられたワンピースを着ていた。シックでなおかつ艶《あで》やかだ。襟のVラインは大きく開いて、バストの谷間まではっきり見えていた。

若い衆の視線がその谷間に吸い寄せられているのがわかる。

神野は頭をかいた。

客人を組本部一階の応接室に通した。

もともとラブホテルだったので、どの部屋にも窓はない。分厚いコンクリートで覆われている上に元の商売柄か、防音材も完璧に施されている。

ラブホは極道の事務所には最適な物件だ。

長谷部《はせべ》の顔はよく知っていた。すでに古稀《こき》を迎えているはずだが、顔の色つやはよく、実年齢よりもはるかに若々しく見える男だ。界隈《かいわい》の水商売のまとめ役のひとりでもある。

「社長、すまねぇ。うちの若いもんが、あんたのところの大事なキャストを護《まも》り切れなかったようだ。必ず探し出すから、勘弁してくれ。これはとりあえず、当座の穴埋めぶんだ」

長谷部が、恭しく礼をし、ソファに座るなり、神野はローテーブルの上に帯封で巻かれた百万円の札の束を三つ置き、押しやった。

「いや、若頭《カシラ》とんでもない。うちはこちらにミカジメも払っていないいんですよ。それなのに、いつもケツをもってもらって、頭が上がらないですよ。穴埋めなんて滅相もない」

長谷部は顔の前でさかんに手を振った。神野のことを若頭と呼ぶのは、この男は、本家での神野の立場を知っているからだ。

「いや、うちは、まともな商売をしている店からは一銭も取らねぇ。そもそもミカジメなんてものは、くされ外道がやるタカリだ。そのかわり、アコギな商売で堅気を泣かせているような店は、速攻潰して、シノギはすべてかっさらう。あんたのところで、酔って暴れたような連中からも、合法的にきっちり慰謝料を取っている。長谷部さんはその金すら受け取らないじゃないか」

「いや、それは、私どもにも落ち度があるからです。客が暴れるのはキャスト、スタッフに配慮が足りなかったということです。迷惑がかからないように、組長のほうに助太刀をお願いしているわけで、始末料を払うのはこちらですよ」

　長谷部は金を決して受け取ろうとしない。

「たいした肝の据わりようだな。さすがに歌舞伎町の叩《たた》き上げオーナーだ」

　長谷部は十六歳でこの街のキャバレーのボーイから始めた生粋の歌舞伎町人だ。

「とんでもないです。此処《ここ》しか知らないだけです」

　相手は笑みを浮かべる。徹底して腰が低い。

「粋だねぇ、長谷部さん。さすがにダンディ長谷部といわれるだけのことはある。わかった。見舞金なんて、野暮なものは引っ込める」

神野は札束をローテーブルから下し、紙袋に戻した。あらためて本題に入る。

「そっちの亜由美ってキャストは消えたままかい？」

「はい、無断欠勤なんてありえない子なのですが、いまだ連絡はありません。景子さんから聞きましたが、やはり攫われたのでしょう」

長谷部が初めて物悲しい表情をみせた。

「心当たりは？」

「あるようで、ないのです。いや、曖昧な言い方ですみません。我々の業界での店とキャストの関係は企業の上下関係とは違います。むしろ、芸能人とマネージャー兼プロモーターの関係に近いでしょうね」

「どういうことで？」

「キャストはすべて個人事業者だということです。私たちは、仕事場を提供し、一定のアドバイスをしているにすぎません。もちろん『フォクシーレディ』というハコとしてのルールは守らせます。例えば、うちでは、店の品格を落とすような一気飲みコールとかピンクサービスは禁じています。あくまでもトークによって客を魅了するようにと指導しております。ですが、それ以上は客との関係には踏み込みません。ルールはあくまでも店内だけのものであって、それ以外の時間に関しては、まったく関知していないのです。客と店外で個人的な関係になっても、それは自由です。ホスト業界のように、うらっぴきをご法度とするような決まりもありません。『フォクシーレディ』は、接客を伴いますがあくまで飲食店です。風俗業ではございません」

長谷部が淡々という。

うらっぴきとは、店外で会って、店と同じように料金を請求することだ。じかっぴきともいう。

トーク力ではなく性的関係をウリにしている枕ホスト業界では、これを厳しく戒めている。店の秩序が保たれなくなるからだ。

高級クラブでも客と寝るホステスは嫌われる。店の品格を問われるからだ。特にオーナーママの店は、長谷部の言う関係性とは異なり、主従ははっきりしているはずだ。

キャバクラが一番曖昧ということだ。

「特定のコレはいたんですかね？」

神野は親指を立てた。

「はっきりはわかりませんが、歌舞伎町のキャバクラにしては、筋のいい客が多かったと思います。それで、常にナンバースリーにはいるほどの指名数を誇っていたんですから、うちでは異色でした。私なんかは、こういう子が、歌舞伎町の次の時代を担うんだって思っていましたよ」

「というと都庁関係者か？」

歌舞伎町のキャバクラにとって最大の顧客は都庁や副都心エリアで働く大企業のサラリーマンだ。

インバウンド客は一過性の客でしかない。やらせろ一点張りの中国人団体客は、店舗型風俗でも忌み嫌われているのが実情だ。

銀座や六本木《ろっぽんぎ》と客質は、まったく異なるが、接待ではなくポケットマネーで遊んでくれる公務員やサラリーマンは常連となればありがたい。

実は神野組が、この歌舞伎町に本部を構え、半グレや外国系マフィアを徐々に排除しているのは、そうした堅気の客が、引かないようにするためだ。

「その通りで。コロナ禍以来、都庁関係者やサラリーマン客はとんと来なくなりましたが、ようやく戻り出したところです。しかし、カシラ、最近またホストクラブの客引きや、ホスト自体のスカウトが目立ち始めています」

長谷部は顔を顰《しか》めた。

暗に治安維持を求めているのだ。

店に対しての個別のケツモチではない。

長谷部は歌舞伎町全体の凶暴化を恐れているのだ。

近頃、ホストのスカウト同士の暴力事件が相次いでいる。朝方ならともかく、午後九時頃に流血騒ぎが頻発すると、堅気の客は一気に他の町に流れてしまう。

「すまねぇ。こっちのパトロールがすくなくなっている。解決するから一週間待ってくれ」

指定暴力団は、徒党を組んで歩いただけで罪になるご時世で、かつてのように、集団での練り歩きなんぞ、もっての外《ほか》だ。それで街の治安が悪くなったのは事実だ。国は街から極道を排除したことにより、余計に自分たちの仕事を増やすことになった。

神野のボスである関東舞闘会の総長、黒井健人は、その溝を埋めるために用意された男なのだ。

神野は続けて聞いた。

「その嬢《おんな》は、今日はいつもの通りの出勤予定だったのかい？」

「いえ、亜由美からは、今夜は同伴する予定だったので、通常より二時間遅い九時入り予定でした」

「同伴の相手は？」

「それは、マネージャーも聞いていませんでした」

「連絡があったのは？」

「先週の金曜の跳ねる時間にすでに伝えられていたそうです。彼女はサラリーマン客がほとんどです。ですから土日祭日は公休日なのです。はい、店は年中無休です。休日は女子大生の嬢が入って、店の雰囲気はまた変わりますし。うちなんかは、そういう店です」

「同伴客に心当たりは？」

神野は膝を乗り出した。

「いや、判然といたしません。申し訳ないです。といいますのも、亜由美はうちに在籍して、すでに四年になる大ベテランです。しかもこの間、指名獲得、売上高のどちらも五位以下になったことはないキャストなんですよ。『休日明けは同伴するから九時入りってことで』と聞いたら、マネージャーは『お疲れ様ですっ』って、頭を下げるだけですよ」

つまり同伴の相手はわからないといいたいらしい。

ふざけるな！

と、ローテーブルをひっくり返す手もあったが、神野は、冷ややかな笑いを浮かべるにとどめた。

何があっても顧客情報を漏らさないというのは、歌舞伎町で店を張る者の生命線である。それを無理強《じ》いするのは、野暮というものだ。

「そうかい。長谷部さん、わかった。すまねぇが、きっかり一時間後に、もう一度ここに足を運んじゃもらえないだろうか。なあに、五分ぐれぇですませるからよ」

神野はぎょろりと目を剝《む》いてみせた。

「承知しました。一時間後にまた寄らせていただきます。では、私はいったん店に」

長谷部が深々と頭を下げて、帰っていった。

「誰でもいい、入ってこい！」

長谷部がドアを閉めた直後、神野は声を張り上げた。

「へいっ」

扉前で待機していた内川と景子がすぐに飛び込んできた。

「一丁目内で、キャバ嬢との同伴前に使われそうな店をすべて当たれ。七時から九時の間に放置を食らった男がいたら、その店の界隈《かいわい》の防犯カメラをすべて当たれ。若い衆を総動員しろ、四十五分以内に探し出すんだ。いいな」

内川にそう命じた。

「それなら、ゴジラビルの中か、シネシティ広場のまわりの小洒落《こじゃれ》たレストランから洗って。フォクシーレディのナンバークラスで、品のいい客を持つお嬢なら待ち合わせに使う店はだいたい決まっている。高級店から当たって」

景子がアドバイスを入れた。

「わかりました。俺らも、だいたい想像がつきます。きっちり探し出してきやす」

内川は飛び出していった。

景子が残っている。

「おいっ、スカートを捲って、壁に手をつけ」

神野は藪《やぶ》から棒に言った。

「はい」

景子はすぐに応接セットの脇の壁に手をつき、さっとスカートの裾を捲った。巨尻を小さなパンティが覆っている。尻を突き出しているので、余計に大きく見えた。パンティは、ワンピースと同じ黒地にオレンジ色の花びらが舞っている。わざわざ合わせた誂《あつら》え品のようだ。

そのパンティを一気に引き下ろしてやる。

「ひっ」

神野の怒りを持った昂《たか》ぶりに、景子の尻山がぶつぶつと粟立《あわだ》った。そのヒップを左右に割り、ぬらめく紅《あか》い渓谷へ怒り狂った肉槍を、一気に挿入した。夕方よりもはるかに硬度があった。

「あっ、凄《すご》い！」

景子の背中がぴんと張った。温かい粘膜に怒張した男根が包まれた。

「内川が、戻ってくるまで擦《こす》り続けんぞ」

神野はハイピッチで尻を揺すった。

「はいっ。わかりました。気のすむまでお擦りください。あうっ」

擦るほどに景子のクレバスから葛湯《くずゆ》のような愛液が溢《あふ》れ出てきた。湯気があがっているようだ。このところ、景子とは、倦怠期《けんたいき》のせいかぬるい肉交ばかりしていたが、今日は久しぶりにパワーが漲《みなぎ》った。

手下が目潰《サミング》しされたことで、肉杭まで怒り心頭に発してしまったようだ。

久々のマシンガンピストンを見舞ってやることにした。鉄のように硬くなった亀頭で、膣袋の四方八方を抉りまくる。

「締めろ、もっとぎゅうぎゅうに締め付けろ」

「はいっ」

景子が肉路を一気に狭めてくる。首にねっとり汗が浮かび、壁に向かって荒い息を吐いている。

恐怖と快感が同時に湧き上がっているに違いない。

景子は、神野の肉棹の感触で、その心情を知ることが出来る唯一の女だ。神野はバストにも手を伸ばした。ワンピースの上から、ぐしゃぐしゃに揉みしだく。

「ええい、まどろっこしい」

神野はワンピースの襟を引き裂いた。一体型になっている半カップブラも千切れ、巨乳が零《こぼ》れ落ちる。

「ひっ」

乳房をがっしり摑んだ。乱暴に揉む。乳豆を摘まみ上げて捻った。同時にピストンをさらに小刻みにする。

「あぁあああっ。あんた、いいわぁ。うわぁあああっ、イクッ」

景子が獣のような声を上げた。

極道の情婦《イロ》はどMでなければ務まらない。日ごろは組の若い者や配下の風俗嬢の前では虚勢を張っている景子だが、本性は被虐願望に溢れている。

　神野はどんどんピッチを上げた。

「あひゃ、んわっ、私、おかしくなっちゃう！」

　景子はとうとう壁に手を突いていられなくなり床に崩れ落ちた。分厚い絨毯《じゅうたん》の上で正常位になった。景子の両足首を担ぎあげ、丸見えになった太腿の奥に、グイッと差し込む。

「んんんっ、またイクッ」

　景子は、いよいよ白目を剝き始めたが、神野は構わず尻を振り続けた。濃紫色の男根が、激しい出没運動を繰り返す。じきに、切っ先が割れ、怒濤《どとう》の飛沫《しぶき》を上げる。亀頭が淫爆を起こす。

　ドクドクと出した。

　それでも神野は抽送を止めなかった。

　射精した後も擦り続けていると、眩暈《めまい》がしてくる。百メートルを全力疾走した後に、さらに走り続けている感覚だ。

　この疲労と苦痛に満ちた快感がいい。

極道のトップに昇り詰める男は、サディストよりもマゾヒストのほうが多い。死ぬことも快楽に思えるタイプだ。

神野は自分にもその才能があると感じていた。

いざとなればダイナマイトを体中に巻き付けて、敵陣に飛び込んでやる。

そうした願望があった。

射精して、一瞬萎縮した肉棹にすぐに淫気が戻ってきた。怒りが止まらないからだ。腰を振りつづけた。

「あぁああっ」

景子がとうとう痙攣《けいれん》を始めた。

口の端から泡を噴いている。

神野はようやくストロークの速度を落とした。苛立ち、昂ぶり、逆上《のぼ》せ上がった脳に、ようやく正気が戻ってきた。

景子の身体を抱き起こし、肉を繋げたまま口づけをする。もはや意識不明の景子だが、本能的に舌は絡ませてきた。唾液を啜《すす》りながら、肉棹は上下させた。最後は静かな爆発だった。

「ありがとよ。おかげで頭がシャキッとなったぜ」

レイプでもされたかのように、引き裂かれたワンピースを着たまま、床に転がっている景子に声をかけた。

「お役に立ててよかったわ」

意識を戻した景子が、艶のある笑みを浮かべた。極道の情婦《イロ》の見本のような女だ。

――景子は手放せねぇ。

神野もニヤリと笑ってみせた。

きっかり一時間後、フォクシーレディのオーナー長谷部が戻ってきた。

応接室は男女が睦《むつ》みあった直後の濃密な匂いが残っていたので場所を二階の大会議室に移す。

壁一面に巨大な代紋が張られた幹部用の会議室だ。

極道らしく甲冑《かっちゅう》一式が飾ってある。『天下布武《てんかふぶ》』を唱えた織田信長《おだのぶなが》の鎧《よろい》と兜《かぶと》のレプリカである。

気持ちは同じつもりだ。

戦国時代を生きた織田信長の思想こそが極道のルーツだと信じている。

神野は濃紺にチョークストライプのスーツに着替えていた。

ネクタイはイエローとブルーのレジメンタルだ。今年の流行色はグリーンということだが、旗色鮮明にする意味で、関東舞闘会の幹部は全員このツートンカラーのネクタイをするようにしている。

これはロシアマフィアへの大いなる威嚇になった。チャイナマフィアもこのイエロー&ブルーの旗色は苦手のようだった。

大会議室の壁際には手下がふたり立っていた。組長の世話担当である。当番の中で最も神経を使う役目だ。

「社長、この写真を見てくれ」

楕円《だえん》形の巨大なテーブルの上に、Ａ４サイズのプリントアウトが五枚並んでいる。

歌舞伎町一丁目のイタリアンレストラン『パシーノ』という店で、待ちぼうけをくらわされた男だ。店主が、そう証言したそうだ。

景子のアドバイスのおかげで、案外あっさりと店が割れた。四十代半ばで、品のいい客だったそうだ。

店主はこの男が、何度か馴染みの女とやってきていたのを記憶していたのだ。今夜は、すっぽかされたのだろうと同情していたそうだ。

男は午後八時前に来店。予約はしていないので、名前は不明だが、月に一度は必ず来る常連だそうだ。

いつも待ち合わせている女性が、今夜に限ってこないので、店主は気を使っていたそうだ。男は午後八時四十五分に勘定を済ませ、ひとりで出て行ったという。

『パシーノ』の店内防犯カメラにしっかりと男の顔が映っていた。高級ブランド品らしいグレーのスーツを着ていた。足取りを追うために、いま内川たちが界隈の防犯カメラを軒並みチェックするために動き回っている。

「恐れ入ります。この方は、私共のお得意様です。そして亜由美の指名客でもあります。それもかなり濃い付き合いかと察します」

長谷部は観念したように頭を下げた。

「名前と素性は？」

神野はぶっきらぼうに訊いた。

「本橋時雄様と言います。三葉商事さんの方です。おそらく亜由美は本橋さんと同伴だったのかと思います」

長谷部ははバツが悪そうだった。

「社長。俺は人生で一時間、無駄にした」

冷静に詰める。血が上っていた頭が、景子とのセックスですっかり醒《さ》めていた。

「秘匿する相手を間違えました」

歌舞伎町一のダンディ経営者と謳《うた》われる長谷部もさすがに頬を歪《ゆが》めている。

「いまさら遅いやな」

「申し訳ありません。私の想像だけで顧客の個人情報をお伝えすることは、どうしても出来ませんでした。しかしこうしてパシーノのご主人の裏付けがあった以上、お認めするしかないです。亜由美と本橋様は、キャストとお客様の関係から一歩踏み込んだ仲だと推察いたします」

うなだれている。

「おいっ、長谷部っ」

神野は大テーブルを拳で思い切り叩いた。長谷部がすっと背筋を伸ばす。

「俺を一般人や警察と同じように扱ったってわけだな?」

ふんぞり返って脚を組む。アドバンテージは上げるだけ上げておいた方がいい。

「いや、心得違いをしておりました」

「俺はね。誰に頼まれるってことなく、自分の意思で歌舞伎町を護っている。どう護っているかといえば、与太者に堅気に手を出させねぇってことと、与太者同士の紛争の解決だ。いわば国連軍みたいな役目よ」

大きく出てやる。

誰に頼まれることなく、というのは大嘘《おおうそ》だ。関東舞闘会の背後には警察庁と内閣情報調査室が控えている。任侠団体を装った特務機関といった方が早い。

「恐れ入ります」

長谷部はひたすら恐縮した。

「本橋時雄についての、知っている情報をすべて出してもらえるかね」

今度は前のめりになり、声を潜めて言ってやる。ヤクザは小声で言った時のほうが怖がられるものだ。

「はい。本橋時雄さんは、三葉商事エネルギー本部にお勤めです。すぐに名刺を持ってこさせます」

「亜由美の他に、この男を知っている女はいるかね」

「おります。今すぐ呼びましょうか？」

長谷部は早口になっている。

「なあに、仕事が終わった後でいいさ。営業妨害はしねぇ」

「ありがとうございます」

「本橋という男は、いつもひとりかい？」

口調をさらに和らげて訊《き》く。優しくすればするほど、相手が恐怖を抱く。そういう交渉に持っていくのが極道という稼業の神髄だ。

「いいえ、基本的には接待でご利用いただいておりました。商社マンでしたからお役所関係や外国のお連れ様も多かったと思います。もちろんひとりでいらっしゃるときもありますが、それは亜由美の顔を立てに来ているという感じでした。そういう日はだいたい三十分ほどでお帰りになりました」

長谷部は語りまくり始めた。

「連れの客たちの名刺も、持ってこさせてくれるよな」

テーブルの上のケースから葉巻を取り出すと、傍らのひとりがさっとライターを差し出してきた。

ハバナ産の太い葉巻を吸い込み、天井に向けて蒸気機関車のような煙を吐いた。

「持ってこさせます」

長谷部は煙を避けようともしなかった。

「『フォクシーレディ』は、あんたが生きている限り誰にも邪魔させねぇよ。安心して仕事に精を出してくれ」

もう一服吸った。

と、その時だ。扉が激しくノックされた。

「誰でぇ！　うるせぇぞ！」

神野は声を荒げた。

「マンションの防犯カメラの画像が盗《と》れました」

内川の声だった。管理会社に裏から手を回したのだろう。この手の情報収集は警察よりも極道のほうが断然早い。

「おうっ、入れ」

神野が答えると、タブレットを抱えた内川が入ってきた。後ろから松本もついてくる。

「私は、席を外します」

目の前に座っていた長谷部が腰を浮かした。

「いや、あんたにも見てもらう。そこに座ってろよ」

神野が片手で制すると、長谷部はすぐに座りなおした。

「これです」

内川がタブレットをタップすると、動画が映った。

まずは五階エレベーターホール前だ。

アロハシャツを着たマコトとテルのふたりが血相を変えて、エレベーターから飛び出してきた。画面の左上に映っているタイムコードが十六時四十七分を示していた。

その後しばらく誰も現れない。

内川が早送りさせると、台車を押した黒ずくめの女の姿が現れた。背の高いモデル体型の女だ。目深にキャップを被《かぶ》っている。

台車の上にライブハウスで音響設備や楽器を運搬するときに使う黒いハードケースのようなものが積まれていた。タイムコードは十七時〇二分。

「こいつが、棺桶《かんおけ》代わりかよ？」

神野が言うと、正面に座る長谷部の顔が引きつった。

「心配するな。まだ殺されちまったという証拠はない」

葉巻を吹かしながら笑ってみせる。内川には顎をしゃくった。

「この女が角部屋に入ったようです。暫くして、積荷が出てきます」

内川がまた早送りした。

十分ほどの時間分を送って止める。

女と共に大型冷蔵庫のような男が映っている。濃紺のジャンパーを着ていた。カメラの位置が天井なので、男女ともに顔は判然としない。

内川が動画を切り替えた。

今度はエレベーターの中だ。

黒ずくめの女が、巨体の男のジーンズの股間を撫でていた。男も女のバストを揉んでいる。ふたりとも発情しているようだった。

「外の様子はあるのか？」

神野は苛立ちながら訊いた。

「へいっ」

内川がすぐに画像を切り替えた。

マンションの前の通りにいすゞエルフのアルミバンが駐《と》まっていた。社名などは一切書かれていない。女が荷台背後の扉を開け、男とふたりで黒箱を載せた。

ナンバープレートが見えた。

「どこの車か確認したのか？」

「運輸支局に手を回しましたが、あのナンバープレートは偽造です。そっくり同じナンバーのトラックが別に存在してました。赤羽橋《あかばねばし》の墓石屋のトラックですが車種が違います。いま若いのに実物の確認に走らせています」

内川がタブレットを睨みながら言う。運輸支局の職員にも神野組の馴染みはいる。ぼったくりバーで散々な目に遭った職員数人だ。民事不介入の警察に代わって話をつけてやった。

トラックはそのまま区役所通りを大久保《おおくぼ》方面へと走り去った。動画はそこまでだ。

「長谷部社長、このふたりに見覚えはないですかね？」

神野はタブレットをテーブルの上で回転させ、長谷部に向けた。リプレイさせると長谷部は凝視したが、首を傾げるばかりだ。

「キャストを守る意味で客に限らずゴジラビル周辺にいる半グレや危なそうなオタクらの顔は覚えておくことにしていますが、このふたりに記憶はありません」

間違いない証言だろう。神野は長谷部に店に戻ってよいと告げた。本橋が接待していた連中の名刺はじき届けられた。

「このでっけえ男が現れたときの動画はねぇのか？」

長谷部が帰った後も神野と内川は、マンションの防犯カメラ映像をくまなく見返した。

マンション玄関前、エレベーター内、各階通路、五階エレベーターホール、それに亜由美の部屋に続く五階通路の映像をチェックしたが、巨漢男の姿は見当たらない。

　映っているのは女と一緒に出るときだけだった。しつこく前日分からもチェックしたが見当たらない。

「どっから入ってきたんでしょう？」

　隣に立つ内川が腕を組んだまま考え込んだ。

「空から降ってきたか？」

　神野は天井を睨んだ。

「ヘリコプターで屋上へ降りたとでも？　おやっさん、いくらなんでもそれはないんじゃないですか。歌舞伎町はヤバい街ですが、兵隊がパラシュートでやってきたというのは聞いたことがないです」

　内川が眉間に皺《しわ》を寄せた。ありえないという顔だ。

「いやありえねぇことが起きる時代だ。内川っ、いいかこのマンションが映っているあらゆる角度の防犯カメラを当たれ。金に糸目をつけるな。必ずあの大男がマンションにどうやって入ったかを割り出すんだ」

「へいっ」

　内川が大会議室を飛び出していった。

たとえあの男女がどんな奴らでも、歌舞伎町で働く女を攫った以上、自分たちがカタをつけないとならない。

神野は壁を睨みながら大きく息を吸い込みスマホをタップした。関東舞闘会の総長である黒井健人に報告するためだ。

2

亜由美は目覚めた。

暗くて何も見えなかった。目を大きく開いたつもりだが、闇のままだった。

両手は後ろ手に針金で縛られているようだ。足首も左右がきっちり固定されていた。だがそれほど痛みを感じない。

東京タワーがまぢかに見える高層マンションで、明寿という男になんども凌辱されてから、また睡眠剤で眠らされたようだった。

厳密には凌辱という表現は当たらない。

亜由美のほうも積極的に明寿の身体を楽しんだからだ。

明寿はこれまでセックスしたどんな男よりもタフだった。射精しても射精しても抜かずにまた擦りたててくるのだ。くたくたになった。それでもそれは甘美な疲労感だった。

いったい何回絶頂の波に押し上げられたのか数えようもないが、最後に極限を見たときは、自分の身体が木っ端微塵になったと思った。瞼《まぶた》の裏に曼荼羅《まんだら》のような仏教画や葛飾北斎《かつしかほくさい》が描いた蛸《たこ》や龍の絵がいくつも浮かんだ。

そのまま意識が飛び、深い眠りについたようだ。冬子という、あの氷のような女に睡眠剤を打たれたのだろう。

何も見えない中で、耳を澄ますとかすかにエンジン音が聞こえた。車の中のようだ。寝返りと打つと額に固いものが当たった。板のようだ。逆に返るとまた同じような固いものに当たった。縛られた状態で半身を起こそうとするとすぐに頭頂部に衝撃があった。

不思議なことに痛みはほとんど感じられなかった。

箱の中に入れられている。暗闇の中でようやく自分のいる環境を知ることが出来た。視覚情報が完全に失われるほどの深い闇に包まれていたわけだ。

――殺されるのだ。

そう思った。

どこかに運ばれて、そこで始末されるのだ。埋められるか、沈められるか、あるいは燃やされるかではないか。

不思議なほど、恐怖感はなかった。

「誰か、いないの！」

亜由美は声を張り上げた。自分の声が箱の中で反響するだけだった。叫んだつもりだが、案外声は小さかったようだ。むりやり熟睡させられたせいで口の中が乾き切っているのだ。

もう一度叫んでみる。

「誰かぁああ」

嗄《しわが》れた声だったが、ロック・ヴォーカリストにでもなったようで、いい感じだった。

――どこかおかしい。

これから殺されそうだというのに、その現実感がまったくない。むしろ、人生から解放されたような幸福感すらある。

暗闇は微《かす》かに揺れ続けていた。時の経過はまったくわからない。あれから一時間たったような気もするし、三時間以上かかったような気もするが、とにかくどこかにたどり着いたようだ。

エンジンの音が止まった。視覚情報がないぶん聴覚は異常に敏感になっていたので、その違いはすぐにわかった。

鈍い金属の音がした。続いて自分の寝ている箱が持ち上げられた気配がした。運び出されているようだ。頭のほうがやや上がり、足が下がった。

「私、どうなっちゃうんですか？」

闇の上方にむかって叫んだ。返事はなかった。

密閉されているのだと思ったが、微かに潮の香りがした。海が近いようだ。

——沈められるのだ。

そう確信した。

それにしてもなんだかおかしかった。

死が怖くないのだ。

二十六年の人生はあっという間だったが、結構充実しているように思えたからだ。

世間一般では小娘だろうけど、水商売では円熟期だといわれている。水の世界に飛び込んで、そこそこ頑張れたという自負があった。

思い残すことといえば、ふたつぐらいしかない。

キャストとしてのトップだけではなく、店を一軒持ちたかった。それがこの先のぼんやりとした目標だった。オーナーというわけではない。雇われ経営者でもよかった。自分の腕で、人気のクラブを一軒切り盛りしてみたかった。

もうひとつはセックスだ。

殺される直前になって、もっとまともなセックスをしておけばよかったと実感した。キャバ嬢という仕事に就いて以来、どうも打算的なセックスばかりしていたような気がする。職業上、身体は最後の切り札なので、どうしてもそういう駆け引きが先行してしまうのだ。

殺される原因となった本橋との関係も、あくまでも今後の自分にとってもっとも都合のよい客ということだけだった。とにかく凄い人脈の持ち主だったからだ。本橋自身も女にのめりこむようなタイプではなかった。仕事のことばかり考えている男だった。

亜由美自身が発情したときは、ホストを買ってばかりだった。近頃のホストクラブは接客業ではなく女性用風俗業といった方が早い。

ヤルが前提なのだ。

馴染みのホストを三人ほど持っていたが、所詮は金銭を介したセックスでは気持ちはついていかず、終わると徒労感だけが残った。

股間がジワリと濡《ぬ》れた。

明寿とのセックスを思い出してしまったのだ。たぶん初めて知った究極の極楽だった。憎い相手だったはずなのに、腰が抜けるほどの快感を味わわされた。とにかくあんなセックスは初めてだった。

もっとはやくあんな男に出会いたかったというのが本心だった。

悔いといえばそのふたつだ。

急に寒さを感じた。ちょっと前までいた青森のような肌寒さだ。

自分が入れられたハコが何かに運搬されているようだ。身体が半回転して前進した。そしてどこかに下ろされる。暫《しばら》くしてゆっくり動き出した。ハコは揺れている。

潮の香りが一層強くなった。

海だ。

極道映画の定番のように海に沈められるようだ。そんな状況なのに、オナニーがしたくてしょうがなくなってきた。手足が縛られているのでどうしようもないのだが、死を前にして発情の炎に総身が包まれてしまったようだ。

亜由美は唇を噛みながら両腿を擦り合わせ、肉芽を刺激した。

3

いきなり天蓋《てんがい》が開いた。

光の洪水に目が眩《くら》んだ。

暗闇が一転して、光が降ってきたのだ。太腿を寄せて肉芽を懸命に潰していた亜由美は一瞬、自分が果てたのかと思った。

それは錯覚だった。

股間の中心はまだ疼《うず》いたままだったからだ。

炎のような光の中心から、ぬっと明寿の顔が現れた。腕が伸びてくる。いよいよ殺されるのだ。

にもかかわらず亜由美はあらぬことを口走っていた。

「セックスしてくださいっ。さっきみたいにズブズブに挿してくださいっ」

脳がそっちの方にしか向いていない。

彫りの深い明寿の顔がニヤリと笑った。初めて見せる好色な視線だった。

「わかった。やってやる」

肩を摑まれ、光の中に引き出される。光は四方八方から向けられていた。強力なライトだった。

徐々に目が慣れてくる。

船の甲板の上だった。コンテナ船のようだ。ずいぶん広い前甲板だった。四方に黒い海が広がっている。船の揺れ具合からして、海は相当荒れているようだ。

甲板の上だけが煌々《こうこう》とライトで照らされている。まるで映画でも撮影するような明るさだ。

明寿はエメラルドグリーンのフライトジャケットにホワイトジーンズを穿《は》いていた。それに編み上げのブーツだ。どこかの国の空軍のパイロットのような格好だ。

中央に冬子も立っていた。黒のニットセーターに黒革のワイドパンツだった。

彼女の足もとにカーキ色の大きなリュックが置かれている。

「あなたが津軽海峡で見たのこれじゃない？」

そのリュックを指さして訊かれた。あの時はあまりにも離れていて確証などないのだが、似ている気もした。

「たぶん、それだったと思います」

リュックのことなどどうでもよかった。はやく明寿とやりたくてしょうがない。

冬子が明寿に視線を送り軽く微笑《ほほえ》んだ。男と女の相槌《あいづち》のように見える。亜由美の胸に強い嫉妬が生まれた。

「男を連れてきて」

冬子が操舵室のほうへ叫ぶと、白人の船員が本橋を連れてきた。スーツを着たまま、鉛色の鎖で身体を縛られていた。

腰から伸びた三メートルぐらいの鎖の尖端に巨大な錨《いかり》がついている。あれで沈められるのだ。

「亜由美、すまんな。巻き込んでしまった」

本橋の目は虚《うつ》ろだった。

亜由美は答えなかった。

そんなことなどもはやどうでもよかった。脳内は明寿と交わる願望にだけ支配されている。

その明寿が亜由美の手足を拘束していた針金を解いてくれた。亜由美はすぐに跪《ひざまず》き、明寿の股間に頰ずりした。ホワイトジーンズの下で男根が微かに反応するのを感じた。サラミソーセージの硬度を持ったあの男根だ。

「挿入してください」

亜由美は懇願し、ジーンズのファスナーに手を伸ばした。明寿は鼻で笑ったが、止めはしなかった。

「亜由美！」

本橋の声がしたが、振り向きもしなかった。

開いた前口に手を差し込み、まだ半分眠っている肉の塊を取り出した。熱を帯びている。両手で手筒をつくり、優しく摩《さす》った。すぐに禍々《まがまが》しいほどの硬度になった。肉胴に怒ったような太い筋がいくつも浮き上がっていた。

「舌を全部出せ」

頭上から、明寿の声が降りてきた。

「はいっ」

亜由美は手筒を上下させたまま、舌腹がすべて見えるように出した。

「亜由美だめだ！　舌を引っ込めろ」

本橋が喚《わめ》いている。この期に及んで、あの男に嫉妬する権利などないはずだ。

明寿の手に注射器が握られているのがちらりと見えた。針がなかった。その注射器で、舌の上に液体を落としてきた。数滴だった。冷たい液体だった。

「そいつを舌に塗《まぶ》しながらコックの裏側を舐められると、何度でも射精《しぶ》けるんだ」

「それはノースドロップだ。舐めるんじゃない！」

本橋は悲痛な声を上げている。亜由美は無視した。

最近、歌舞伎町でも蔓延《まんえん》している液体型覚せい剤だ。四年前は渋谷のクラブや風俗でこの錠剤がブレイクした。淫乱効果に的を絞った化学式を持つ覚せい剤だ。液体化したことでさらに即効性を持ち、ゴジラビル界隈の半グレたちが、未成年者に安価で捌《さば》いているという噂《うわさ》だ。

ノースドロップの売り上げはどうでもよく、主に家出少女たちを娼婦《しょうふ》に育てるための小道具として使われているそうだ。

明寿が亜由美の頭に両手を添えてきた。亜由美は液体を載せたまま、毒蛇のような顔をした亀頭の裏側をぬるりと舐めた。

「くっ」

明寿が腰を軽く痙攣《けいれん》させた。

悦《よろこ》んでもらえていると思うと、亜由美は嬉しくてたまらなかった。

肉幹の根元を両手でしっかり押さえ、亀頭の裏側の三角地帯をベロベロと舐めた。ライトの光を浴びたままだというのに夢中になった。

この太く硬い男根で、また際限なく貫かれるのだと思うと、もはやそのまま死んでもいいとさえ思う。

舐めている横顔を冬子が撮影していた。マンションのときと違いスマホではなく本格的なカメラを構えていた。ＡＶ女優にでもなったような気分だ。

じゅるじゅると音を立てて舐めしゃぶった。自分の唇や舌も、とんでもなく気持ちよくなっている。クスリに嵌《は》まって破滅した同業者を何人も見てきたので、亜由美は決して手を出さないでいた。

もはやそんなことに気を使う必要はない。むしろシャブづけにされて殺されたほうが苦痛がないというものだ。

しゃぶりながら、片手を下ろし蟹股《がにまた》に開いた自分の股間をも擦った。あの時以来ずっとパンティを穿いていなかったので、指が直接、濡れた粘膜に触れた。

「んんんんっ」

ノーズドロップが効いてきたのか、花弁に軽く触れただけで、脳天まで突き抜けるような快美感が走った。

「はい、いったん中止」

舐めている最中に、冬子に両肩を摑まれ、明寿の股間から引き剝がされた。

「いやぁあ」

亜由美は立ち上がり暴れた。その股間に明寿の膝がめり込んでくる。平らな股座《またぐら》が、恥骨の裏側にめり込むのではないかというほどの強打だった。

「くわっ」

亜由美は股を開いたまま甲板に背中から落ちたが、痛感よりも快感のほうが強かった。これもノースドロップのせいだ。特にクリトリスに受けた衝撃が絶大な快感をもたらしている。

「お願いです、挿入してください！」

甲板に尻をつけたままM字に股を開いて哀願した。憧れの明寿の巨根を、いまは冬子が摩っている。

「先に本パパとやれよ。そしたら、俺はもっと発情する」

明寿が本橋を指さした。愉《たの》しそうな顔をしている。冬子の扱く手も早くなった。にやけた顔だ。

胸底《むなぞこ》に黒い炎が上った。

嫉妬がノースドロップの威力を倍化させたようだ。とにかく早く肉を股に入れないとおかしくなってしまいそうだ。

本橋は体中に鎖を巻かれながらも、眼をギラつかせていた。死の恐怖の最中にあっても発情するものだろうか。

「でも手足が動かせないようですが」

「だから、お前が動いてやるんだ。俺たちが発情するようにやってくれ」

明寿が冬子の黒のニットセーターの裾を捲り上げている。バイオレットの大きなブラジャーが露出した。カップの縁から明寿の大きな手のひらが入ろうとしていた。

「わかりました。やります」

亜由美は、本橋のもとに歩み寄り、明寿と冬子に背を向けてしゃがみこんだ。

鉄鎖の隙間から手を入れファスナーを下ろし、肉棹を取り出した。半勃起している。強い潮風が吹いてきた。半勃《はんだ》ちの肉がぶらぶらと揺れる。明寿の剛直は揺れもしなかった。亜由美は物足りなさを感じた。

少しでも早く大きくさせようと、懸命にしゃぶった。

本橋が前屈《まえかが》みになり、耳もとで囁《ささや》いた。

「おいっ、亜由美、ゆっくりやるんだ。チャンスは必ずある。時間をかけて隙をみつけよう」

ばかげた話だった。死への恐怖で状況をよいほうにばかりとらえているのだろう。

この男は終わっている。

亜由美は無視してキンタマも取り出してあやした。唾をたっぷり落とした両掌で玉を揉みながら、じゅぶじゅぶと音を立てながらしゃぶった。

みるみるうちに肉の塊が膨らんだ。それでも明寿のモノには敵《かな》いそうにない。硬直しきったところで、亜由美はその棹を尻に埋めるため振り向いた。両手を膝に当て、顔を上げた。

――あっ⁉

真正面で冬子が同じ格好になっていた。

ワイドパンツと下着を足首まで下ろして、尻を振っているではないか。それもハイピッチだ。

「あんっ、明寿、じっとしていてね。私が、動くから。どぉ、気持ちいい？　あっ、明寿、抉《えぐ》らないでっ。出してもいいのよ。いっぱい出していいのよ。萎《しぼ》んじゃうぐらい、いっぱい出して」

冬子がこちらを挑発するように顔を歪めている。恍惚《こうこつ》の歪みだ。

明寿は呆けたように虚空を睨んでいる。

「いやっ、出させないで！」

亜由美は叫んだ。明寿の棹が萎んだら、自分は悶《もだ》え死にしてしまいそうだ。

「だったら、早くそいつを射精させて」

冬子がヒステリックに眉根を上げる。

「はいっ、すぐに！」

亜由美も負けじと尻を振った。ずちゅっ、ずちゅっと肉が擦れる音が暗黒の海に溶けていく。

「よせっ、抜かれちまったら、体力が持たない」

本橋が喚いた。肉を引き抜こうとしている。だがその尻と背中をふたりの船員に押さえつけられていた。

「おぁうっ」

しぶき始めた。じゅっと子宮に熱波が当たる。亜由美は精汁を一滴残らず絞りとろうと膣路を締めた。精汁の臭いは潮風と似ていた。

「うぅうう」

本橋が獣じみた声を上げた。足がふらついているのがわかる。

「まだよ、もっともっと擦りなさいよ」

冬子が叫んでいる。その尻の間から、白濁液が垂れていた。冬子の愛液か、明寿の精汁なのかわからない。両方かもしれない。

明寿は出しても出しても擦り続ける男だと思いだした。

「はいっ、擦りまくります！」

亜由美も負けじと尻を前後に振った。

「くぅうう。もう無理だっ。立っていられん」

本橋ががっくりと亜由美の背中に倒れこんできた。射精した直後の男は普通こうなるものだ。明寿が異常なのだ。

亜由美は尻を離した。ヌルっと抜けた。本橋の陰茎は湯気を上げながら萎んでいくようだった。本人もがくりとその場に両膝を突いた。

「もう、抜き切りました。芯がないので入りませんっ。早く明寿さんと、やらせてください」

そのことしか頭になかった。

「本橋を処分して」

「処分？」

何のことかわからなかった。

「海に突き落とすのよ。いま、本橋はくたくた、あなたは逆に力が漲《みなぎ》っているでしょう。出来るわ」

冬子が本橋に顎をしゃくった。船員の男ふたりがズボンから肉茎を出したままの本橋を持ち上げていた。

「わかりました」

亜由美は本橋に向き直った。

「おいっ、よせ、お前は殺人者に仕立て上げられるんだぞ。ほら、そこのライトの脇からカメラが向いているだろう。俺を突き落とすシーンを撮影して証拠にするつもりなんだ」

たしかににカメラは向いていた。

だがそんなことはどうでもいい。こっちは早く明寿とやりたいだけだ。亜由美は本橋の胸を突いた。

「やめろ！」

よろける本橋の背中に船員がカーキ色のリュックを背負わせた。ずっしりと重そうだ。本橋はさらにふらついた。

「やめろ！　なんでこんなもの背負わせるんだ」

冬子が答えた。明寿に貫かれたままだ。

「あなたがそのリュックの秘密を暴こうとしたからよ。私たちのやり方は倍返しなの。普通に海に沈めたら面白くないでしょう。さぁ、亜由美、そいつを突き落として。早く明寿とセックスがしたいんでしょっ」

明寿のサラミソーセージを挿入したままの冬子に急《せ》きたてられた。

「はいっ」

亜由美は本橋へ突進した。

「待てっ。もう画像データはそっちに渡っているだろう。あんたらにとっては、暗号解除なんて簡単なはずだ。俺を殺す意味がどこにある！」

本橋の顔に絶望の色が浮かんでいる。

「もう解析しているわよ。凄いシーンを撮ってくれたものね。それもすごい望遠レンズを使って。かなり離れていたはずなのに、顔までくっきり映っていたわ」

「偶然だ。驚いたのはこっちだ」

「まいったわね。これで『リオートX』の秘密についても辿りついちゃったわけね。だから文字通り氷漬けにさせてもらうの」

冬子のその声を背中で聞きながら、亜由美は本橋の腹部に頭突きをかました。

「ぐぇえええ！」

小さな頭が、鎖を巻かれた腹にめり込んでいた。そのまま腰に両手を当てて押した。

一気に甲板の縁にまで追い込んだ。右舷だ。

カメラを抱えた冬子が接近してきた。

「本橋は手足が使えないわ。足首を取って落としちゃいなさいよ」

そう命じられた。終わったら明寿に挿入してもらえるならと思うと、とんでもなく力が湧いてきた。

亜由美は船縁《ふなべり》に屈み、本橋の足首を摑んだ。有名ブランドの革靴を履いていた。

亜由美のマンションにやってきた際に、いつも履いていたのと同じものだった。乱暴に脱ぎ置かれたその靴を玄関できちんと揃え直すのが亜由美の役目だった。

もうそんなこともしなくてもいいのだ。

亜由美は担ぎ上げた。

「おぉおおおっ」

本橋の身体が船縁の上で傾いた。リュックが海面に向き背中から落ちそうになっている。

「やめろ。俺はともかく、日本を破滅させるつもりか！」

「あなたの知ったことじゃない。あなたの身体から離れたこのリュックはどこに辿りつくでしょうね」

冬子が叫んだ。

「第三次世界大戦になって、地球が滅ぶぞ」

「ごちゃごちゃ言わないで！」

亜由美はすでに本橋の足を取っていた。とても軽い感じがした。これもクスリのせいだろう。

「うわぁああ」

暗い空にリュックを背負った本橋が舞った。前甲板の五基のライトがその姿を照らした。その死を確認するようなライトアップだ。

船員ふたりが錨を落とす。

本橋は顔をくしゃくしゃにして絶叫を放っていた。

スローモーションに見えた。喜劇でも観ている気分だ。

轟々《ごうごう》と風の音がする。

ライトの重なり合う一点で、本橋の身体が一瞬止まったような気がした。断末魔の声が上がり、そこから一気に落下した。

亜由美は船縁に手をつき、暗黒の海を覗き込んだ。白い小さな渦が見えた。まるで墓標のようだったが、数秒で消えてしまった。

「よくやった。褒美だ」

バックからスカート捲られ、極太の男根をぶち込まれた。

「あぁあああ、気持ちいいです」

がっしり腰骨を抑えられた、ずいずいと突かれた。女の中心部が蕩《とろ》けてしまいそうな快感だ。

「いくぅうう」

身体が前のめりになる。目の前に海が広がっていた。

男根に突き落とされるならば、それはそれでいい死に方だと思った。

「もっともっと、激しく突いてください。おっぱいもぐしゃぐしゃに揉んでくださ い」

亜由美は海に向かって叫び、喘《あえ》ぎ声を上げた。

第三章　赤いヒグマ

1

十月十三日。

本橋香織は、世田谷《せたがや》区桜新町《さくらしんまち》の自宅マンションで苛立《いらだ》っていた。夫の時雄が『今夜は帰れない』と電話を寄こしたのが火曜の夜だ。

ところが昨日の水曜日もまったく連絡がなかった。

そんなにあの亜由美というキャバ嬢とのセックスがいいのか。

承知していることとはいえ、腹は立つ。香織とて四十二歳の女盛りなのだ。

昨夜、三度も自慰をした。

寝室はツインベッドで日ごろは別々に眠っているが、昨夜に限っては時雄側のべッドで大股を開いてバストと亀裂を弄《いじ》りまくった。

やってもやってもまた性欲が湧き上がってきたのだ。

いまも同じだった。発情していた。

時雄が亜由美の股を大きく開き、筋肉質な腰を懸命に振っているかと眼に浮かべると、身体の芯が疼《うず》きだす。

時雄が気に入っているリクライニングソファに寝そべり、パジャマの下を脱いだ。シャンパンピンクのパンツも一緒に脱いだ。

亀裂にそっと指を這《は》わす。ぬるぬるだった。

結婚して十四年。

このところ夫婦のセックスはなかった。

それでも関係は円満である。

仕事をする夫が好きで結婚したのだから、セックスや家庭的なことはどうでもよかった。

知り合ったのは香織が東日《とうにち》テレビの報道部に勤めていた時分のことだ。

報道部とはいっても当時の香織はワイドショーの飲食店紹介の担当ディレクターだった。

十五年前、香織が二十七歳の時だった。

表参道《おもてさんどう》に開店した北欧系チョコレート専門店の取材に出向いた際に、大手広告代理店の営業マンから紹介されたのが当時三十歳の本橋時雄だった。

ひと眼でやり手だとわかった。

その店は北欧の無名店であったが、時雄は大手広告代理店の友人と組んで壮大な歴史物語を作り上げていた。

店の創業は二十年ほど前であったが、薬屋だった曾祖父が自家製チョコレートを作っていたという根拠の薄い事実から『創業百年』とし、薬屋だった頃に来店した旧伯爵家の子孫から、一般販売される以前からの御用達であったとの証言を得た。

針小棒大《しんしょうぼうだい》を絵に描いたような物語である。

香織は商社マンや代理店マンというのは商売のためなら、斯《か》くも過剰な演出を施すものかと呆然《ぼうぜん》となったものである。

だが、香織はその時雄に好感を持った。

取材の際に時雄がその商品物語のギミックの面白さについて、滔々《とうとう》と語ってくれたことに、素直さを感じたのだ。

『嗜好品《しこうひん》については、人は商品内容以上に物語を買いたがる。それがブランド価値というものだ。嘘《うそ》はいけないけれど、クローズアップすることは、その商品に命を与えることになる』

そう熱く語る時雄にひとめ惚《ぼ》れしたのだ。

その後、飲みに誘われた。

時雄はワインやチーズについても蘊蓄《うんちく》が凄《すご》かった。

嫌味ではなく、なおかつ理屈っぽくならずに夢中で語る。

そして自分の仕事には関係なく、香織がテレビで取り上げるのに好都合な斬新なレストランや食品ショップを何店も紹介してくれた。

香織もまたテレビディレクターという仕事に夢中になっていた。

早くから男女格差がない業界だったので、自分が立てた企画で視聴率が上がると、いくらでも好きなことが出来た。

自分はテレビ局が輝いていた最後の世代かもしれない。

時雄とは翌年には結婚した。

それは、お互いが仕事人間として尊重しあえる最良のパートナーとしての結婚だった。

総合商社に勤める夫と在京キー局の女性ディレクターのカップル。世に言うパワーカップルだ。年収を合わせると高級マンションのローンもなんのそのである。マスコミパワーカップルとしての勢いを失わないために子作りは後回しにした。出産休暇も充分あり、制作現場への復帰として範を示さねばならないテレビ局は、出産休暇も充分あり、制作現場への復帰も保証されていた。

むしろ香織のほうが、乗っている仕事の波を止めたくなかったのだ。

――あのまま夫が食品部に所属していたら、何も問題はなかったのに。

香織は陰核を強く押しながら、唇を噛《か》んだ。

五年前。

時雄が三葉商事の基幹部門といわれるエネルギー本部に転属になった。その日を境に、彼は精彩を欠くようになった。

液化天然ガスのプロジェクト『リオートX』のメンバーになったことから、カムチャツカ半島やオホーツク海への出張が増えた。

『スケソウダラなら得意だが、天然ガスの運搬ルートをつくるなんて興味ないし』

家でも愚痴を言うようになった。

そんなことは決して口に出さない男だったのに、だ。

家の中でもぎくしゃくし始めた。香織がワイドショーから夜のニュース番組に回り帰宅時間がまったく異なりだしたからだ。

香織が帰宅する深夜三時過ぎに時雄は酔いつぶれて眠っており、時雄が出勤する朝の八時に香織は熟睡しているという日々が続いた。

香織としても、熟睡しておかなければ仕事に身が入らないからだ。

時雄はそんな香織に不満などはいわなかったが、徐々に酒量が増えているのは確かだった。

そして二年前、カムチャツカにある採掘プラントへの出張から帰るたびに、時雄には鬱《うつ》の症状が現れるようになった。

久しぶりに顔を合わせる休日も塞ぎこみ、まったく口を利かなくなった。梅雨の時期だった。

香織は夏季休暇を申し込み、まるまる十日間家にいて、時雄の帰宅を待つ生活を試みた。なんとか夫婦関係を改善しなければならなかった。

休暇を取って三日目の夜にようやく時雄は口を開いた。

『俺の関わっているプラントの様子がどうもおかしい。液化天然ガスの運搬と同時に薬物を運んでいるのかもしれない。大型ボンベのようなものを入れた妙なリュックが時々運び込まれてくるんだ。ひょっとしたら、覚せい剤を気化したものを運んでいるのかもしれんな。そして、どうもうちの上層部の誰かが、そのことを容認している。ロシアの正式な機関が薬物を日本に大量に持ち込んで、何をしようとしているのか。日本に何かを仕掛けようとしているようで嫌な気がしてならない」

この告白に香織は驚愕《きょうがく》した。

夫は重大すぎる疑惑にひとり悩んでいたらしい。

特に同居する妻がテレビ局の報道局に勤めていることで、絶対に口に出来ないと家庭では無口にならざるを得なかったという。

ジャーナリストの血が騒ぐことはなかった。それ以上に夫の身が案じられたのだ。気化覚せい剤というのが恐ろしすぎる。一種の薬物兵器だ。空気に混ぜてところ構わずバラまかれたら、その空気を吸い続けた人間は、いずれシャブ中にされてしまう。誰かに支配されるということだ。

まず東日テレビを辞めることにした。報道という現場から身を引くことが夫の精神的な負担を軽減させられると判断したからだ。

そのうえで夫にも三葉商事を退職する計画を立てさせた。もともと知識のある食品関係の専門商社を設立し、夫婦で経営をすることにした。

準備に二年かけた。

香織もテレビ局時代の人脈を生かしてまだ日本と取引のないイタリアのワイン農園やローマに開設する現地オフィスの物件などを見つけた。

共同経営の会社を興すために動き回り、自分たちはようやく夫婦になったような気がしたものだ。

時雄がいよいよ辞意を伝えようという時期にロシアのウクライナへの軍事侵攻が始まった。カムチャツカでの合弁事業の雲行きが怪しくなった。同時にロシア側の動きに異変があったという。

時雄はロシアの核燃料の日本国内持ち込みの疑念を持った。三葉商事が何らかの形でその片棒を担がされているようだった。

時雄は退職すればただちに、会社とロシア工作員の双方に狙われるのではないかという恐怖を抱き始めた。

香織は当初、そんなスパイ映画のようなことがこの日本で起こるはずがないと、鼻で笑ったが、ウクライナでの戦争の激化とともに、その疑念もゼロではないような気がしてきた。

『昨年の秋から津軽海峡を堂々とロシアや中国の艦隊が行き交っている』

そんな話を聞かされ香織も怖くなった。本州と北海道の間にある海峡だから、日本の領土だと思い込んでいたが、津軽海峡はどの国の軍艦や商船でも通過できる特定海域だと知り、さらに驚いた。

そしてふたたびロシア艦隊が通過する日が来ることを時雄は察知した。核を積んでいることも見当をつけた。

撮影したいといい出した。その映像が自分たちの身を守る保険になるだろうともいった。時雄は他にもいくつかの資料をもち、その画像と組み合わせることによって、ロシアの陰謀を証明出来るといっていた。

それがいったいどういう内容であるのかは、香織は聞かせてもらえなかった。

だが馴染みの制作会社からプロユースの超望遠のついたカメラを譲り受けた。外見は民生品にしか見えないカメラだ。

内蔵の映像データには最初から特殊な信号を入れておいた。再生時にはモザイクがかかる仕組みだ。消すためにはパスワードがいる。当然それは時雄と香織しか知らない暗号だった。

カモフラージュのため時雄は歌舞伎町のキャバ嬢を同伴して津軽海峡に赴いた。

二年前から計画的に援助を始めた亜由美だ。

今後のワインの輸入販売にも水商売の亜由美は役に立つ。割り切った関係であることは承知している。

動画データは亜由美に運ばせた。安全のためだ。だが、受け取りに行ったきり、時雄は帰ってこなくなった。

――あの女とセックスをしているのだ。

そうに違いなかった。それ以外のことは、想像したくない。

絶望するよりも、嫉妬をしていたほうがまだマシだ。

「あっ、あんっ、あなた、私にもやって」

亜由美の秘孔を穿《うが》つ時雄の男根を妄想して、香織は自分の指を出し入れした。右手の人差し指と中指を二本絡めて差し込んでいた。肉路は、もうねとねとに汚れていた。左手の人差し指の腹で女芽を押し続けてもいる。

キャメルカラーのリクライニング・ソファから時雄の匂いがした。

「うぅっ、イク」

腰ががくんと揺れた。時雄の精汁が子宮に飛んできたような気がした。

傍らで固定電話が鳴る音がした。近頃、固定電話にかけてくるのは夫かセールスしかない。

――時雄？

香織は濡れたままの指で受話器を取った。

【三葉商事エネルギー本部第二部直通】

液晶にそう浮かんでいた。

会社からのようだ。

「はい」

もう一方の手でクリトリスをなぞりながら答えた。時雄とはずっとやっていない。電話の声を聴きながら弄るのは、なかなか新鮮ではないか。

「本橋主任の奥様ですか？」

聞きなれない声がした。驚いた。慌てて紅く腫れあがったクリトリスから指を離し、背筋を伸ばした。

「はい、本橋の家の者です」

「初めまして、私はエネルギー本部第二部『リオートX』プロジェクトの涌井《わくい》と申します。本橋さんはいらっしゃいますか？」

「いえ、会社ではないのですか？」

突然胸の鼓動が高鳴り、香織は息苦しくなった。

「えっ？　昨日も今日も出社なさっていないもので」

壁の時計を見ると午後二時過ぎだった。

「本橋からは、何の連絡もないのですか?」

こちらが聞きたいぐらいだ。

会社員といっても時雄のような仕事はデスクにいるばかりではない。取り引き先廻《まわ》りや調査のための外出も多いはずだ。

直行直帰もごく普通で、仕事の成果さえあげていれば、どこをほっつき歩いていても問題ない。

昼間から風俗に行っていようが競馬場にいようが実績をあげていれば構わないらしい。そういう部門だと聞いている。

テレビ局の報道部や制作部も同じだ。

ただ、名目上の行先は、共有サイトのスケジュール表に書き込んでいるはずだ。

「はい、連絡がないんです。おかしいですね。夕方、急に会議をすることになったので、午前中からスマホに何度か電話しているのですが、お出にならなくて。ひょっとしてお身体でも壊したのかなと、ご自宅に電話させていただきました。いや、失礼しました。きっと何か立て込んでいるのですね。もう少し待ってみます」

涌井は悠長な口ぶりだった。たぶん、慌てて家に電話をしてしまったことを後悔しているのだ。

通常であれば、そんなことをしたら夫に叱られるに決まっている。

「とんでもありません。本橋がご迷惑をおかけしまして申し訳ありません。仕事中に電話をしてくるような人ではないのですが、もし、こちらに連絡があったら、すぐに涌井さんに連絡するように伝えます」

出来るだけゆっくりと話した。夫の仕事のことは何も知らない妻を装った。

「はい。お願いします」

涌井は通話を切った。

香織はすぐにパンツを穿き寝室へと駆け込んだ。ウォークインクロゼットからキャリーケースを取り出し、荷造りを始めた。最後に時雄のノートパソコンを詰め、久しぶりにパンツスーツを着た。

時雄は拉致されたと思っていい。

犯人が誰であるかは皆目見当がつかないが、無断で会社を休むような男でない。考えられることは事故か拉致しかない。

とにかくここを出たほうがよい。

2

「相変わらず、毎日が修羅場よ」

先輩ディレクターだった倉林星来《くらばやしせいら》が周囲を指さした。

前方の壁に大型ビジョンが五基、その下に五十基もの小型モニターが張り付けられている。

体育館のような広い空間に二百人近い記者やスタッフが動き回っていた。ある者はパソコンのキーボードを叩き、またある者はメモをもって走り回っている。輪になって怒鳴り合っている五人ぐらいの男女もいた。

香織は東日テレビの報道センターにいた。

タクシーの中から事情を伏せて、暫《しばら》く局内に匿《かくま》って欲しいと倉林に頼み込んだのだ。とりあえず頭に浮かんだ安全地帯がここだった。

テレビ局ほどテロ対策が万全な企業もそうそうない。

いきなり泊めてくれとやってきた香織に、倉林は夫婦喧嘩《げんか》でもしたのか、夫に暴力を振るわれたと思ったようだ。

とにかく何も聞かずに引き受けてくれた。

彼女は夜のメインニュース『ザ・ナイト』の金曜日担当のプロデューサーに昇格していた。明日の担当だ。

「ごめんなさい。ご面倒をおかけします」

午後五時過ぎはもっとも忙しい時間帯だった。

各記者クラブから入る最新情報は、いったん全ニュース番組の代表者が集まる総合デスクに回る。そこで番組ごとに素材が吟味される。

この時間はまだ夕方のワイドニュースが放映中だ。番組はその日の特集を中心に放送されているが、インパクトのある事件が入るとすぐに、ディレクター、カメラ、音声、VE、レポーターの五人で一個小隊となるロケ隊が投入される。

香織もかつて、そのディレクターだった時代もある。現場を散々飛び回って、スタジオ担当に昇格となるのだ。

「はい、正面向いて」

星来がデジカメを向けてきた。香織は背筋を伸ばし、顎を引いた。シャッター音が三度なった。

「香織の社員データが残っているから、スタッフパスは十分で出来るわ」

星来はたったいま撮影した写真を、報道総務課へ転送しているようだ。

写真付きのスタッフパスは、それ自体が局への入館許可証となる。すべての出入り口には駅の改札口のようなゲートがあるが、このパスをかざすだけで通過することが出来る。むろんゲートの横に立つガードマンに止められることもない。

「感謝するわ。それでシャワールームも仮眠室も使えるわ」

「局に住み込みなんて、制作会社からの派遣ADみたいね」

「でもそれって、ありがたいことよ。この局舎の中には、大小さまざまなレストランもあるしコンビニも入っている。おまけに医務室まであるでしょう。その気になれば半年ぐらい楽勝で暮らせるわ」

それが巨大テレビ局なのである。斜陽産業といわれて久しいが、在京キー局の贅《ぜい》沢《たく》な社屋はいまだに健在だ。

スタッフパスは、各部門のプロデューサーの権限で、局員以外の者にも発行される。期限は三か月から一年まで、その立場によって様々だ。

たったいま夜十一時からのニュースワイド『ザ・ナイト』の契約ディレクターに採用された香織は、一年間有効のパスが発行されることになったのだ。いわばOG特権のようなもので、プロデューサーのひとりである星来が採用書類にサインするだけで発行となった。

香織は活気に満ちた報道センターの様子を眩《まぶ》しい思いで眺めた。そこには、自分の置かれた立場を忘れるほどの、一風変わった日常があった。

ある意味、異常な日常である。

目の前の星来のデスクトップ画面には、いまも世間の人々がまだ知らない事件が、データマンが入力した速報が、続々と入っていた。あちこちで電話を取った各班のデスクたちの怒鳴り声も聞こえてくる。総理官邸、日銀、霞が関の各官庁、警視庁などの記者クラブから上がる定時報告。

一般市民からの通報。最近はスマホの撮影機能が充実しているので、国民全員が事件記者でもある。

とにかく報道センターはニュースで溢《あふ》れている。そのどれをピックアップするかはプロデューサーのセンス次第だ。他局と横並びになるか、一歩先んじられるか、はたまた他局より深掘りできるかだ。

【17：22 世田谷区桜新町のマンションに強盗。主婦（32）殴られ昏睡《こんすい》状態】

すーっとその速報が流れた。

桜新町のマンションに引っかかった。

「倉林さん！　その十七時二十二分、ちょっと拾ってくれませんか」

　香織は画面を指さした。

「まだ死亡していないんでしょ」

　強盗傷害や路上の暴行、痴漢、特殊詐欺などの事件の類は一日に二十本以上入ってくる。殺人や著名人の絡む暴行であればすぐに現場や関係先に即刻ロケ隊を出すが、この程度であれば、アシスタントアナウンサーが、最後に『そのほかのニュース』として読みあげるだけだ。

　深掘りは翌日の朝か昼のワイドショーに任せるのだ。

「うちの近所のようなのでデータ原稿だけでも読ませてください」

「はいよ」

　星来が、クリックすると事件の詳報が現れる。

　警視庁の発表だ。

【十月十三日。十五時十五分ごろ。世田谷区桜新町一丁目の『ウインザーシャトー桜新町』三〇三号室に強盗が侵入。主婦・笠原《かさはら》美枝《みえ》さん（32）が、顔面を殴打され昏睡状態。笠原さんが咄嗟《とっさ》に警備会社への通報ボタンを押したため、十分後に駆けつけた警備員により発見される。現在、世田谷医療センター病院にて治療中。容態不明。男は宅配業者を装って侵入。部屋中が荒らされていた。警視庁（捜査一課）は、インターフォン画像に残っていた男の行方を追っている。Kク・菅田《すだ》】

Kクは警視庁記者クラブの略だ。

「これ、私のマンションです」

香織は眼を見開いた。

七十世帯ぐらいが居住しているので、住民すべてを知っているわけではない。メールボックスにも氏名を出していない居住者がほとんどだ。自分たちもそうだ。三〇三号室の住民が笠原という苗字《みょうじ》だったこともいま初めて知った。

「えっ、あんた何号室よ？」

星来も驚きの表情を浮かべた。同時にスクープを狙う鷹《たか》のような眼になっている。

「うちは八〇三号室です」

そう答えた途端に背筋が凍った。

香織は思わず傍らに置いてあったキャリーケースに視線を送った。時雄の残したノートパソコンがある。局に入ってから開こうとしていたものだ。

「被害者のことは知っているの？」

星来が訊《き》いてきた。

「正直知らないです。名前もいま知りました」

「だったら、現時点で『ザ・ナイト』は見送りね。明日の日中《にっちゅう》のワイドショーに任せるわ。殺人に切り替わったり展開次第では、手を突っ込むけど」

星来はあっさりしていた。

新聞で言えば社会面ネタを好むのは朝、昼、夕のワイドショーだ。一日を締めくくるその日の最終ニュース番組となる『ザ・ナイト』は翌日の仕事を前にしたビジネスマン向きの硬派ニュースを好む。

政治、経済、国際情報。ひとりの市民の災難よりも、明日の国際情報のほうが反応を得やすい傾向にあるのだ。

「狙われたのは、私だった可能性があります。三〇三号室の笠原さんは、人違いで殴られたのかもしれません」

「どういうこと？」

星来が顔を近づけてきた。

「8の半分が掠《かす》れると3に見えるでしょう。うち八〇三《803》だから……」

小声で話した。

「家を出てきた理由はそこ？」

星来も声を潜める。香織は頷《うなず》いた。

「ちょっと、会議室行こうか」

「はい」

十四階の報道局の小会議室に上がり、香織は時雄と三葉商事について話した。三十分にまとめて説明した。

「荒唐無稽なスパイ映画のプロットみたいですみません。私たちもまだ確信があるわけじゃないんです。ただ夫は、津軽海峡の海上で何らかの取引がなされているという疑いを持って観察に行ったわけです」

「なんだか麻薬取引の匂いがぷんぷんするわね。ご主人は、火曜日以降戻っていないのね」

星来は目の前に置いたノートパソコンのキーボードを素早く打ちながら、確認してきた。

「はい。三連休を利用して青森に旅行に行きましたが、十一日には東京に戻って、社に直行しています。それは間違いないようです」

その後、歌舞伎町のキャバ嬢と落ち合ったはずだということも伝えた。夫が愛人を囲っていることを平気で話す香織のことを星来がどう思うであろう。

　しかし恥ずかしがっている場合でもなかった。

「いま、取材班を手配したわ。マンションの周辺住人のコメント取りと病院での様子を当たらせる。警クの菅田君にも、捜査の行方の聞き込みをするように伝えたわ」

　星来は話を聞きながら、方々にメールを打っていたようだ。時間が勝負の世界に生きているので、何ごとも早い。

「それとこの中に、機密のファイルが隠されているかもしれません。もしかしたら、三〇三号室を襲った容疑者は、このパソコンが狙いだったのではないかと」

　香織はキャリーケースを開け、下着や衣服でくるんだA４サイズのノートパソコンを取り出した。

「なるほど。ちょっと待ってね。いま空いている編集室を探す」

　星来が再びキーボードを打つ。タイプライターのような音を立てて打っている。何もそこまで叩きつけなくても十分反応するはずだが、その打ち方がいかにも星来の気性の激しさを表していた。

「十二階の第六編集室。いまから二日間キープした。そこを仕事場にして。何かわかったらすぐに私に教えてよ。明日は私の曜日だから」

星来がノートパソコンを閉じた。

かつての後輩の危機に手を差し伸べるというよりも、明らかにスクープ狙いの眼をしている。当然だろう。裏を返せば、だから香織も保護してもらえると確信してここにやってきたのである。

テレビ局の持つ情報網は警察や内閣情報調査室に匹敵する。オンエアしない情報も数多く蓄積しており、その分析に専念しているスタッフもいるほどだ。海外支局や通信社を通じての情報も頻繁にある。過去のニュース映像も豊富だ。

その情報集積センターのような場所に潜伏出来るのは、ＯＧとしてのある種の特権だった。

十二階はスタジオフロアだった。最も巨大なＧスタジオと朝から夜まで報道番組が順に使うＳスタジオが並んでいる。Ｇスタジオではこれからバラエティ番組の収録らしく、テレビでよく見る芸人やタレントたちが数人廊下で立ち話をしていた。

ちなみに東日テレビではドラマ制作だけは川崎《かわさき》にある専用スタジオで収録している。ドラマだけは別仕立てなのだ。

十二階の奥に編集専用のルームがいくつか並んでいた。香織は第六編集室の扉を開けた。なつかしいＡＶ機器の無機質な匂いがした。

二十代はこの部屋に散々閉じこもって素材を繋《つな》ぎ合わせたりしたものだ。ネットカフェよりも広々としている。

香織は時雄のノートパソコンを開けた。

立ち上げるとPINを入力せよとの画面が出る。第一関門だ。

シンプルに、夫と自分の誕生日を並べた番号を押してみる。

撥《は》ね返された。お手上げだった。ロシアと三葉商事の不審な動きをめぐって、夫婦で様々な計画を立てていたわりには、肝心な互いのパソコンのパスワードの交換はしていなかった。香織も自分のパソコンのパスワードは教えていない。案外、夫婦なんてそんなものだ。

自分専用のクレジットカードの明細を教えたこともない。内緒のショッピングの内容は夫に知られたくないものだ。

さてどうしたものか。

打つ前にいろいろ考えた。

もしかしたら？

愛人の名前と生年月日を打ってみる。生年月日の情報は時雄から聞いていたからだ。

【ＡＹＵＭＩ１９９６ＨＡＧＩＷＡＲＡ５１６】

これでどうだ？

パーンと画面が開いた。脳内に安堵の喜びと怒りが同時に渦巻いた。

まずはメールからチェックしていくことにする。

3

「間違いなくこいつは軍人だ」

神野は映像を見つめながらため息をついた。クマのような巨大な男が、両手両足に吸盤のようなものをつけてマンションの壁をよじ登っている動画だった。画質は悪い。だがその動きは克明にわかった。

十月十三日。午後五時。歌舞伎町の夜が動き出す時間だった。

歌舞伎町二丁目。神野組本部の大会議室だ。

内川たちが、四方八方のビルの管理会社をねじ伏せ『ブルーパレス東新宿壱番館』が映るありとあらゆる防犯カメラの映像をかき集めてきたのだ。

そしてとうとう見つけ出した。

タイムカウンターは十月十一日。十五時五十分。

区役所通り側にあるマンション玄関の真裏側の壁が、高層商業ビルの屋上にある防犯カメラに映っていたのだ。

かなり離れた位置からの映像であったが可能な限りズームアップした。そうした作業を得意とする無修正動画の専門家が歌舞伎町にはゴロゴロいる。

そいつらが腕を振るってズームアップしたのだ。

山を登るクマのような男だった。着衣しているジャンパーの形が、攫《さら》われたキャバ嬢のマンションの防犯カメラに映っている男のものと同じだった。

「なるほど、これでは通路や玄関には映っていなかったわけですね」

傍らで内川が言う。会議室には、他に五名の幹部が詰めていた。

「そういうことだ。ヘリコプターでもなかった」

ヒグマのような男は、マンションの壁をよじ登ると屋上に上がった。ちょうど真下がキャバ嬢の部屋になる位置に腹ばいで進むと、しばらくじっとしていた。

十六時二十八分。男はベランダに飛び降りた。窓はガラスカッターで、ロックの付近を切り取ったようだ。

ちょうど区役所通りをマコトとテルが歩いていた時刻だ。

「軍隊崩れのロシアマフィアですかね」

内川が眼を剝きながら言っている。血が騒いでいるようだ。

「マフィアとは限らない。本物の軍人かもしれん。もしくは工作員だ」

神野は答えた。

スマホが鳴った。マシンガンの音だ。神野はブルった。この音は総長の黒井健人専用の設定だからだ。

「はいっ、神野です」

極道の決まりで上の者からの電話はワンコールで出ないとガミを入れられる。二時間ごとの組への報告電話同様、これはヤクザの不文律のようなものだ。

「お前の探していたトラックの到着先だが、赤羽橋のタワーマンションだ。『ライジングサン芝タワー』という。警視庁のNシステムで追跡してもらいようやくわかった」

「総長、手間取らせてすみません」

神野は手下たちの手前、極道風に振舞った。電話の向こうで黒井がくすくす笑っているのがわかる。

警察庁非公然部隊『黒井機関』のトップである黒井健人は、正確な階級は警視正である。

「まずはそのマンションにシキテンを張れ。キャバ嬢を攫った男女の目的が知りたい。それと三葉商事の本橋時雄はその後どうなっている？」

シキテンを張れとは極道用語で監視の意味である。

「いや、昨日から取引先を装って、電話をかけさせているんですが社にはいません。これから社員ひとりぐらいを攫って、難癖付けようと思っているところで」

「なるほどな。警察にはできない捜査手法だ。だが、適当なところで解放してやれよ」

「心得ています。軽い交通事故で示談にしますよ」

「頼んだ」

黒井が電話を切った。不法捜査の許可が出たということだ。神野は早速、幹部たちに指示を出した。

内川が赤羽橋の『ライジングサン芝タワー』を担当、松本が丸の内の『三葉商事』を当たることになった。

ふたりはすぐに持ち場に向かった。それぞれ兵隊をふたり連れていく。

入れ違いに景子が会議室に飛び込んできた。真っ赤なツーピースを着ている。女性国会議員か演歌歌手のようだった。神野は笑いを堪《こら》えた。

女をひとり連れてきていた。

花柄のスリップワンピを着た二十歳そこそこの女だ。下着がほとんど透けて見えている。

景子が運営する『シスターギャング』のデリヘル嬢だという。

「組長初めまして。ヨーコといいます。本名です」

女が名乗った。

「おう、まずはしゃぶってくれ」

神野はスーツパンツのファスナーを下げた。硬直した肉茎が躍り出る。会議室のテーブルについていた幹部三人が困惑の顔を浮かべた。武闘派のヘッド後藤《ごとう》、フロント企業担当の小林《こばやし》、他団体との交渉役の秋山《あきやま》の三人だ。いずれも神野と同年代で、組織の要のような役目をしている。

「景子、あと三人呼べよ」

「いや、そういうつもりではなかったんですが。はい、わかりました」

景子がすぐにスマホをタップする。

「淳子《じゅんこ》ちゃん、真奈美《まなみ》と光恵《みつえ》のふたりにも声をかけて、組本部まで飛んできて。急ぎだから、パンツ脱いできてよ」

そう指示を出している。

ヨーコは楕円形の巨大テーブルの下に身をかがめ、神野の股に顔を埋めた。じゅぶじゅぶと音を立てて吸っている。上手な子だった。蕩けるような快感が、亀頭の先から、尻の穴のほうまで拡散された。

「そういうつもりじゃなかったってぇ、景子、どういうつもりだったんだよ。会議中の俺たちへの差し入れじゃなかったのかい」

口淫させながら神野は訊いた。極道のところに女を連れてくるというのは、文字通り『差し入れ』のはずだからだ。

「いえいえ、ヨーコが『フォクシーレディ』のキャストに何度か仕事回してもらったことを思い出したから。訊いたら亜由美って子からのオファーだって言うから」

景子が不機嫌そうな顔をした。まだ極道の情婦《イロ》として修業がたりていない。

「それを早く言えや。おいっ、どんな仕事だ」

神野は亀頭でヨーコの喉を突いた。ヨーコが咽《むせ》て、口を離した。

「ロシア人の相手です。大使館の下っ端書記官とか、モスクワのガス会社の人とか五人とすべて一回限りです」

ヨーコは喋りながらくるりと背を向け、尻を突き上げてきた。神野は、腰骨をがっしり押さえ、濡れている亀裂に肉棹をブスリと差した。

炬燵《こたつ》に入ったような気分だ。秘孔に肉を擦りつけながら訊く。

やはりあの巨漢の男はロシア系ではないのか？

そんな疑念が湧いてくる。

「亜由美という女とは、どこで知り合った」

「花道通りのボーイズバー『ブラックツイン』ですよ。亜由美さんは出勤前にビール一杯ひっかけていくのが習慣で、私は待機中に寄せてもらっていました。で仲良くなって」

ヨーコは喋りながらも肉層をキュルキュルと締めた。

『ブラックツイン』は夕方五時から開店し七時まではハッピーアワーで、ビール一杯三百円だ。歌舞伎町の夜の女たちでほぼ満席となる。情報交換のバーともされている。ホストクラブ『最高！』の傘下《さんか》店だ。

「直引《じかっぴ》きかよ？」

神野はズンと亀頭で子宮を叩いた。柔らかな子宮が凹《へこ》む。

「あふっ、違いますっ。ちゃんと景子姐《ねえ》さんに伝えてますよ」

「確かに聞いてます。でもうちは拘束時間以外は直引きを認めているから。連絡入れさせているのはトラブル防止のためよ。直引きでも、危険からは、守ることにしているの。手数料なんてとっていないわ」

景子がフォローした。そうした経営姿勢にスキルの高い女たちが集まってくるようだ。

「それで何か変わったことはあったか？」

同じリズムでゆっくり出し入れした。テーブルの下から発情臭と微熱が湧き上がってくる。

「実は私、ちょっとだけロシア語出来るんです。サンクトペテルブルクの語学校に一年だけ留学していましたから……って実際は、あっちでもこの仕事をしていたんですけどね」

ヨーコがあっけらかんという。セックスのプロは世界中どこでも働けるものだ。

「それでロシア人に近づけとか？」

ピッチを上げた。極道の男根は嘘発見器の機能も果たす。

「いいえ。亜由美さんからは、ロシア語はまったくわからない振りをして、決して深入りするなと言われてました。彼がシャワーをしてる間も、決して荷物を触ったりしないようにと。むしろオナニーしていて欲しいと」

「で、やったのか？」

「はい、オプション料金を亜由美さんがもってくれたので、私、お客さんがシャワーを浴びている間は、本気でオナニーしていました。あふっ、んんっ」

さぞかしこの女は指名が多いことだろう。ヨーコが上擦った声で続けた。

「そうしていると、身体を拭きながらどこかに電話をしはじめたんです。たぶん私が夢中で擦っていると思ったんでしょうね。事実ですけど。でも聞き耳はたてていました」

そろそろ出したくなってきたが、神野は懸命にこらえた。所在ないのか、景子がスーツの上から乳首を撫でてきた。気持ちよ過ぎた。ヨーコの話が佳境にはいっている。

「おいっ、お前は後藤のキンタマでも舐めてやれよ」

まだしぶきたくなかったので、相手を換えさせようとした。

と、そこで扉の向こうで女の声がした。

「景子姉さーん。淳子です。みんなで差し入れに来ました」

ややこしい表現だが、要するに男に差し入れさせるということだ。後藤、小林、秋山の三人は表情一つ変えずに、ズボンとトランクスを下ろし、下半身を露出させた。大テーブルの下なので、神野にはそれぞれの逸物は見えなかった。

「さっさと入って、位置につけ！」

神野は声を張り上げた。

女たちが入室し、それぞれスカートを捲《めく》りながらテーブルの下に潜り込む。ヨーコと同じ格好になり尻を差し出した。ぬぽっ、ずちゅ、ぐちゃ、と三人三様の挿入音が聞こえた。テーブルの下に噎せ返るような性臭が溢れた。

景子だけが所在なげに神野の横に座った。

「で、そのロシア人は何を喋っていたんだ」

改めて訊いた。

「『津軽海峡冬景色』とか」

「意味わかんねぇ。カラオケの選曲か？」

神野はずいずい出し入れした。

「いえ『ツガール・プラリーフ・ジームニイ』といったんです。直訳すると『津軽海峡冬景色で』になります。リオート、ジュー、メージュという単語も何度か言いました。直訳すると氷、冬、覆い隠す、という単語です。すみません、私、一年間サンクトペテルブルクにいましたが、完全にロシア語がわかるわけではありません。ちゃんと覚えたのは『ヤー　ズチェーラユ　ティビェー　プリヤトーナ』とか『ニスティスニャーイスャ』ぐらいなんです」

「どういう意味だ？」

「『気持ちよくしてあげる』と『恥ずかしがらないで』です」

それが言えれば、ロシアでは食いっぱぐれないのだろう。

「わかった。津軽海峡冬景色だな」

判然としないが、これを手掛かりとするしかない。亀頭の尖端から淫気が脳に回ってきた。

立ち上がり、盛大に腰を振りたてた。

「ぐわっ」

ひと声上げて、淫爆した。

4

シキテンを張り、まるまる一日半が過ぎようとしていた。

午後十一時だ。

内川は『ライジングサン芝タワー』のエントランスが見渡せる位置にバイクを駐《と》め、映像に映っていた巨漢の男が出てくるのを待っていた。カワサキＮｉｎｊａの最新モデルだ。

首都高速『芝公園』出入り口の近くだった。

――必ず出てくる。

昨日の午後六時ごろ、ここに戻ってくる男の姿を目撃したからだ。緑色のジャンパーを着ていた。徒歩で帰ってきた。

いったんマンションに入った以上、いずれは出てくるはずだ。

「兄貴、日中は東京タワーの展望台から双眼鏡で監視していてもよかったですね。このマンション丸見えですよ」

ホスト崩れのカズキが言う。同じくバイクに跨ったままだ。

その横に立っていたシンジも頷いた。

シンジは二百メートルほど後方に駐めてあるエルグランドから出て来たばかりだ。

カズキと交代時間だった。

敵の陣地を張りこむ場合、神野組では通常こうしたシフトが組まれる。ふたりがバイクに乗りいつでも発進出来るように備え、もうひとり基地《ベース》となるワンボックスカーで待機するのだ。

長時間に及ぶ張り込みになる場合に備え、ワンボックスカーの中には食料や簡易トイレが積んである。ひとりは必ずここで休憩しながら、体力を温存しておくのだ。

待機中は、ヘッドホンをつけたまま熟睡することにしている。眠ることが最大の体力回復になるからだ。動きがあれば、バイクで見張っているどちらかが、ヘルメットに内蔵されたインカムで大声を上げて起こすのだ。

ヘルメットの前後にはドライブレコーダーも埋め込まれており、この映像は歌舞伎町の本部まで転送される仕組みになっていた。

つまりさぼっていたら、すぐにバレるのだ。

「バカいえ、ヤクザが百円玉を握りしめて一日中双眼鏡を独占してたんじゃ、堅気の小学生に蹴りを入れられるだろうよ」

冗談を飛ばし合う。

カズキがエルグランドに戻り、内川とシンジで見張りをした。ときおりどちらかが、付近を一周して緊張をほぐした。

夜が更けるとともに、界隈の日比谷通りや麻布通りは行き交う車の数が激減しだした。

午前零時。東京タワーを照らしていたライトがピタリと消えた。

一瞬にして辺りが闇に包まれたような錯覚を起こすが、そんなはずはなく夜空には満天の星が瞬いていた。

「おっと、出て来たぜ。カズキ起きろっ」

内川は息を呑んだ。

東京タワーの消灯を待っていたかのように、歌舞伎町に現れた謎の男女が揃《そろ》って出てきたのだ。巨漢の男は迷彩色のTシャツにカーキ色のワイドパンツ。スタイルのよい女はネイビーブルーに白と赤の花びらを散らしたアロハとホワイトジーンズ。

男は三田《みた》方面へ向かい、女は内川たちのいる麻布方面へと堂々と歩いてきた。

「すれ違うまで、エンジンをかけるな。ここで一休みをしているようなふりをしているんだ。ライトもつけるなよ」

内川はインカムを通じて、シンジとカズキに伝えた。真横にいるシンジは頷《うなず》き、カズキからは『了解！』と返事があった。

男は麻布通りを速足で歩いていく。通過するトラックのヘッドライトにその大きな背中が映し出された。肩の筋肉が盛り上がって見えた。信号ひとつ先のコインパーキングの精算機の前で立ち止まった。そこに車があるということか。

女がすれ違っていく。アロハの前部を巨大なバストが押し上げていた。シルバーアッシュのショートヘアが風に靡《なび》いて顔がはっきり見えた。彫りが深く整った顔はハーフのようでもある。

こちらはフルフェイスのヘルメットを被っているので顔は見られていない。

そう思った瞬間、女が、エルグランドのほうへ駆け出した。全力疾走のようだ。

——どういうこった。

振り返った瞬間、女は尻ポケットから何かを抜いていた。

「カズキ、ライトをつけろ！」

内川はインカムに向かって叫んだ。

「へっ」

頼りない返事と共にエルグランドのヘッドライトが点灯した。

女は前傾姿勢で駆けている。手に握っているのは鑿《のみ》のようだ。尖端《せんたん》がライトにギラリと反射する。

エンジンの音がしたときには、女の腕が右前輪に伸びていた。呆気《あっけ》なく鑿が差し込まれた。

カズキが顔を凄《すご》ませ、バーストさせられているにもかかわらず車を前進させた。女は身を躱《かわ》し車道側に飛んだ。エルグランドの運転席のウインドウを鑿で叩き割った。ナイフにはない鑿の威力だった。

カズキがドアを蹴り上げ、突き落とそうとしたが、その頬を鑿が抉《えぐ》る。

「ぎゃあっ」

絶叫しながらカズキが運転席から転げ落ちてくる。女はその腹をローファーで踏み、カズキは血反吐《ちへど》を上げていた。

「ちっ、このクソアマがぁ」

シンジがＮｉｎｊａのエンジンをかけ、Ｕターンをした。逆走だ。女も鑿を構えシンジに向かって突進してくる。右腕の肘を曲げ、腕で顔を隠すように持った鑿を翳《かざ》したまま突っ込んでくる。

「シンジ気をつけろ。その女はただ者《もん》じゃねえ！」

その瞬間、前方のコインパーキングから大型４ＷＤが出てきた。濃緑色のチェロキーナイトイーグル。

運転席に大男の横顔が覗く。氷のような双眸《そうぼう》をした男だった。

「シンジ、俺は男を追う」

内川もエンジンを吹かせて、一気に飛び出した。

バックミラーにシンジの背中が見えた。次の瞬間、その身体が宙に飛んだ。夜空に血飛沫《ちしぶき》が舞った。

主を失ったバイクだけがそのまま疾走し、エルグランドのフロントグリルに激突している。鉄同士がぶつかった轟音《ごうおん》が上がる。

女は麻布方面へと駆けていった。

「シンジ！　カズキ！」

内川は吠えた。だが引き返している場合ではなかった。アクセルを全開にしてチェロキーを追った。

歌舞伎町とは異なり深夜の都心の道路は空《す》いていた。チェロキーは、信号を無視し、猛スピードで汐留《しおどめ》から海岸通りに入っていく。

――あの野郎、運転技術は高い。

内川はそう思った。

信号を横切る車両を鮮やかにかわして前進していた。横須賀《よこすか》の黒豹《くろひょう》と呼ばれていた内川は熱くなった。

Ｎｉｎｊａのアクセルをフルスロットルにして、チェロキーの右テールランプに接近する。

交差点に入る際、相手が若干ブレーキングした。

そのすきにつま先に鉛の入った編み上げブーツで赤いテールランプを蹴ってやる。

だが次の瞬間、チェロキーが急停車し、いきなりバックした。

「うっ」

Ｎｉｎｊａの前輪にガツンとリヤバンパーがぶつかった。内川はよろけた。さらに何度もバッククラッシュを重ねてくる。

――轢《ひ》き殺される。

そう感じた。

それでもぎりぎり横転を防ぎ、内川は歩道に乗り上げて逃げた。チェロキーの助手席側ウインドウが下がり、中からライフルのように長い銃口が伸びてくる。

マジかよ。

内川は思わずバイクから飛び降りた。銃口からシュッと黒い液体が飛んでくる。ヘルメットのフェースに当たった。視界がゼロになる。連続して液体が飛んできた。首筋にも上半身にもあたる。しかも熱い。

「くっ」

急いでエンジンを切り、ヘルメットを脱いだ。黒い液体の正体はアスファルトだった。

しかも固形化するのが早い。シールドにアスファルトが泥のように張り付いて取れなかった。

内川はヘルメットを歩道に投げ捨てた。自分の頭部が転がっていったような不思議な錯覚を覚える。

立て直すのに十秒ほど要した。

この間にチェロキーは交差点を左折し台場《だいば》方面へと消えていった。

「あの野郎、ぜってぇ殺してやる」

心の底からそう叫び、ライダースーツのポケットから紫の襷《たすき》を取り出し背中に掛けた。続けてＮｉｎｊａのボディに固定してある鉄パイプを取り外す。

忍者のように背負った。

鬼の形相になって、エンジンを掛けなおす。再びアクセルを全開にしてチェロキーを追った。

下手に手を出すなと言っていた組長の命令に背くことになるが仕方がない。やらなければいずれ自分がやられるだろう。

そんな気がした。

芝浦《しばうら》運河沿いに出るとレインボーブリッジの下層にある一般道を渡るチェロキーが見えた。

「殺すぜ！」

内川は雄《お》たけびを上げ、猛スピードで追った。

だが差は縮まらない。交通渋滞があれば単車のほうが有利だが、障害がまったくないガラ空きの道路では馬力に勝る四輪車を抜きようがない。

しかしなんとしてもチェロキーの辿りつく場所までは見極めねばならない。

内川も橋を渡った。

この橋、正確には東京臨港道路海岸青海線という。

暴走族時代何度かこの橋で白バイに捕まったので、調書にサインする際に覚えた。

夜の運河がキラキラと光って見えた。

チェロキーはテレビ局の前を疾走していく。キンタマを吊るしているような斬新なデザインのビルだ。

さらに進むと道は左にカーブする。東京国際クルーズターミナルの前を横切る。いずれ大型クルーズ船の発着が再開し、大量の中国人がやってくるに違いない。いまはまだ静かだ。夜の運河を前に巨人が自ら腕枕をして寝ているような光景だ。その先にはコンテナふ頭が見えた。

静まりかえる海に貨物船が何隻も停泊していた。

内川は必死で追った。

チェロキーが左折するのが見えた。

金網越しに広大なヤードがあった。四囲を多くのライトが取り囲んでいる。チェロキーがゲートの前で到着すると、鉄条網のようなシャッターが上部に上がっていく。チェロキーはその中に入っていった。

内川は懸命に追った。

シャッターゲートが中ほどまで下がっていたが、前輪を滑りこませる。センサーが働き再び上がった。

どうにか内側に入り込めた。

ヤードには車が並んでいた。

中古車ばかりだ。コンテナを積んだ大型トラックも二台駐車している。背後に修理工場のようなコンクリート造りの棟があった。

並んだ車の中にはフロントボードに書類が置いてあるものもあった。ロシア語のようだ。どうやらここはコンテナに載せる輸出車の保管場所らしい。

チェロキーが工場のシャッターの前にエンジンを掛けたまま後ろ向きに停車していた。

その横に車から降りた巨軀《きょく》が不敵な笑いを浮かべて立っていた。

瞳を見ると青い。身長は百八十センチを優に超えているようだ。

「このクマ野郎。いったい何者なんだ！」

内川は背中から鉄パイプを抜き、バイクから飛び降りた。男に向かって一直線に走った。男が立ったまま真横の運転席を向く。

「ボス。やっぱりヤクザは頭が悪いな」

——なに？　もうひとりいるのか？

立ち止まろうとしてつんのめった。そこにチェロキーが急バックしてきた。容赦のない速度だった。

「うわっ」

大型４ＷＤのハッチバックドアに身体を突き飛ばされた。【ＪＥＥＰ】と書かれた部分が顔に激突し、脳内に火花が飛ぶ。

手から離れた鉄パイプが星空に、高く高く、舞い上がる。

「あぁあああっ」

いったん宙に浮いた身体が一メートルほど後方に落下していく。とにかく頭を押さえた。ノーヘルだから、コンクリートに叩きつけられると即死する可能性がある。曲げた左腕で後頭部を抱え、身体は横から落ちた。精一杯の受け身だった。

「あうっ、ぐわっ」

肘に激痛が走った。砕けたようだ。

少し遅れて、鉄パイプがコンクリートに落ちる音がした。

歯を食いしばり反転し撥《は》ねた車のほうを見やると、さらにバックしてきた。

——潰す気か！

内川はロープに逃げるプロレスラーのように、コンクリートの上を回転しながらチェロキーのバックコースから外れた。

「メージュ。ゴミを拾え」

しわがれた声がした。ボスと呼ばれた男のようだ。

「ボス、頼みますよ。俺は日本人です。明寿《あきひさ》って呼んでくださいよ。佐武《さたけ》明寿です」

男がヒグマのような身体を揺すって近づいてくる。

「おまえの本名なんか知らん。サブメージュなんだろう」

ボスと呼ばれた男がそう言って、車を前進させ元の位置に戻した。

ヒグマは鉄パイプを手にした。

——滅多打ちは勘弁してもらいたい。

内川は逃げる算段をした。ずらりと並ぶ車の間を転げまわり、時間を稼ぐべきだと考えた。

十年落ちぐらいのトヨタクラウンの車体に逃げ込むべく、転がろうとした。

と、男が鉄パイプを放ってきた。

「おまえ、利き腕はまだ使えんだろう」

ヒグマが片眉を上げながら言っている。抜けるように白い肌だが興奮してやや赤みを増していた。

「タイマン張ろうってか？」

内川は鉄パイプを拾い立ち上がった。

「俺は素手で十分だ。両手が動くからな。ハンデをやるよ」

ヒグマが初めて笑った。案外童顔だった。

バカにされたようで、内川は頭に血が上った。関東舞闘会神野組の特攻隊長がここでケツを割るような真似は出来ない。

「寝言は寝てからいえや！」

内川はコンクリートを蹴った。打撲した左半身に痛みが走ったが、それ以上に出ているアドレナリンが痛みを超えた。

正眼に構えた鉄パイプでヒグマの左目のやや下、鼻梁《びりょう》の横を突いた。必殺ポイントだ。

ヒグマはするりと顔をずらした。ヒップホップでも踊っているような動きだ。当たりのポイントを失った鉄パイプがそのまま耳の横を抜けていく。

内川の身体が前に泳いだ。ヒグマの大きな胸に自分から飛び込んでいくような格好になった。

「ヤクザは本当に頭が悪い。これで追いかけっこせずにすんだよ」

がっちりと両腕で絞めつけられた。強力なベアハグだった。コンクリートで骨折した左肘に激痛が走る。さらに右の腕も痺《しび》れだす。だが動けない。

わざわざ鉄パイプを与え、誘い込まれたのだ、とようやく知った。迂闊《うかつ》であった。

「くされヤクザが」

ヒグマが内川の尾てい骨あたりで組んでいた両手に渾身《こんしん》の力を込めてきた。

「うわぁあああああ」

内川は天を仰いで絶叫した。背筋の付け根がボキッと折れる音を聞いた。がっちり合わせられた胸板も、相手のほうが硬すぎて、胸骨が破壊されそうだった。息も詰まり出す。

「落ちろ！」

ヒグマが低い声で言う。

それでも内川は遠のきそうな意識を必死で手繰り寄せた。生死の境目にいるとはまさにこのことだ。

「くうぅぅうう」

呻《うめ》きながら唾を吐く。ヒグマの左眼を直撃した。

「ぐっ」

赤いヒグマが呻き、腕が緩んだ。するりと抜けて内川はその場に崩れ落ちた。尾てい骨が折れ、立っていられなかったのだ。

手の甲で涎《よだれ》をぬぐったヒグマが、さらに顔を赤くして襲いかかってきた。右腕を取られた瞬間、手首を裏返された。続いて、左手首も返される。

「うぎゃぁあああああ」

内川は泣き叫んだ。

「殺せっ。殺せっ」

そう叫ぶ唇も震えた。関節技は打撃よりもきつい。

「心配するな。いずれ殺す。だがな、お前のような極道は、すっとは殺さない。体中をガタガタにしてやる」

そういうと手首と肘がブラブラになっている左手を両足に挟んだ。

「メージュ。サンボの練習台にしてないで、そんなヤクザさっさと落としちまえよ。俺はそろそろ帰る。通関手続き書類はオフィスにおいてある」

ふたたびボスの声がした。セダン車に乗っているようだ。黒の日産フーガだった。

「ダー」

メージュが答えながら尻を地面につけ腕を挟んだ両脚を一回転させた。

「あぁあああああああっ」

内川の肩骨が砕けた。

内川の視界はブラックアウトした。

翌日の朝。

東日新聞に芝公園付近の路上でヤクザ二名が襲撃されたと載っていた。

神野は新聞を読んで唇を震わせた。

【関東舞闘会系の団体に所属する桐村和樹《きりむらかずき》は頬骨損傷、立花慎二《たちばなしんじ》は右胸骨骨折および肩甲骨粉砕で、全治六か月の重傷】

左胸であれば即死であっただろう。

女はあえて、右胸を狙っている。殺人にはならない程度を弁《わきま》えた刺し方だ。それにしても鏨という発想に凄みがある。

神野はシンジのヘルメットに装着されていたレコーダーからの画像を何度も再生して、女の動きを確認した。

早さ、正確さ、度胸、いずれをとっても街で喧嘩《けんか》を売っているチンピラレベルとは次元が違っていた。歌舞伎町のマンションの壁をよじ登って侵入した巨漢の男と見事な格闘能力を持った女。

何者だ？

昨夜遅く麻布中央署からの連絡を受け、幹部ふたりと顧問弁護士が中野《なかの》の警察病院へ出向いた。いろいろ理由をつけ、ふたりを歌舞伎町の桜窪総合病院に転院させた。カズキのほうが辛うじて口がきけたので、あらましはわかった。

エルグランドは警察が証拠調べのために当面戻してもらえないが、シンジが被っていたヘルメットは戻してもらえた。それで映像が確認できたのだ。

被害者とはいえ、ふたりが組本部がある歌舞伎町二丁目の病院に転院できたのは、総長の黒井が内閣府を通じて所轄に圧を掛けてくれたおかげだ。

これで兵隊四人を戦力外にされた。

そして内川までが行方不明だ。神野は、三葉商事を見張っていた松本にいったん引き返すように命じた。危なすぎる。

そこへ、総長からの呼び出しメールがきた。神野は急いで身支度をした。

第四章　露歌《ロッカ》バラード

1

午後の東京湾羽田沖は穏やかだった。波がキラキラと輝いている。歌舞伎町のネオンよりも眩《まぶ》しかった。

その煌《きら》めく波の上に釣り船が何艘《そう》も浮いていた。ここはハゼ釣りの漁場とされている。本職の漁師たちによるアナゴ漁も盛んだ。

「あぁ～　江戸前のアナゴが食いてぇな」

関東舞闘会の総長、黒井健人が青く輝く海を眺めながら、両腕を大きく上げた。

神野は緊張していた。

呼び出されたのは芝浦ふ頭で、黒井が所有している大型クルーザーに一緒に乗り込んだ。

何事かと思う。

船名は『キング一世』。八十フィート級だ。海に浮かぶ別荘のようでもある。芝浦ふ頭にやってきたときには濃紺のダブルのスーツを着ていたが、すぐに上着を脱いで、ネクタイも外した。

黒井は白と青のボーダーポロシャツにベージュのハーフパンツ。パナマ帽を斜めに被《かぶ》っていた。

――沈められるのか？

歌舞伎町のマンションでふたりやられ、昨夜もまたふたり、そして切り込み隊長である内川までが行方不明だ。自分が直参の組長として下手《ヘタ》を打ったのは確かだ。

「自分が潜ってアナゴ、獲《と》ってきましょうか？」

上の者が烏《からす》はシロいといったら、その日から烏はシロい鳥になる。極道とはそういう社会だ。

いまの総長のひとことは、聞きようによっては、みずから海に飛び込んで死ねともとれる。

「お前の汚れた手で獲ったアナゴなんか誰も食いたくねぇよ。それより、もうじき客人が来る。バーベキューの準備や」

「へい」

後部デッキにはバーベキュー用のセットが一式積んであった。神野はキャビンに走り、冷蔵庫を開けた。ステーキ肉や野菜類の食材がたっぷり入っている。肉はシャトーブリアンだ。

クルーザーには操船するための船長とアシスタントがひとり乗っていたが、本家の組員は皆無だった。

久しぶりのパシリだ。

デッキに戻りゆらゆらと揺れながら、準備にとりかかった。

冷蔵庫から出してきた食材をクーラーボックスに詰め替え、キャンプ用のコンロの簡易ガスボンベの火力を確認した。

賄いは組員の重要な任務だが、本部においてもナンバー2まで昇り詰めた神野にとっては、まさに十年ぶりの賄い担当だ。

やはりオヤジは怒っている。そう思わざるを得ない。

一から出直せということか。神野は、傍らにあった手ぬぐいで額に捩《ね》じり鉢巻きをした。

「おいっ、肉から焼き始めろ！」

双眼鏡を覗《のぞ》いていた黒井にいきなり命じられた。

「はいっ」

神野は背筋を伸ばし、両手に軍手をつけた。トングでシャトーブリアンを取り出し網に載せる。

潮風に肉の焼ける香ばしい匂いが溶け込んでいく。

上空を羽田空港から飛び立った旅客機が続々と飛んでいく。都心のラッシュアワーの電車並みの本数の多さだ。

一艘の大型クルーザーが波しぶきをあげて接近してきた。この船と同じ八十フィートクラスだ。物凄《ものすご》い勢いでこちらに向かってくる。体当たりの勢いだ。

本能的に神野はトリガー式の簡易ボンベバーナーを握ったが、黒井がその船舶に向かって手を振っているので安堵《あんど》した。

クルーザー同士がクロスする。

車と違って、船は錨《いかり》を下ろさない限り完全に停船するということはない。スクリューを後進《バック》にして、一時的に止まるのを待つのだ。そのままにしておくと今度は下がっていく。二艘のクルーザーをクロスしたまま保つのは、船長同士の相応のあうんの呼吸と腕がいる。

その状態をキープしていると相手側の船縁《ふなべり》から、ボルサリーノを被りダークグリーンのトレンチコートを着た中年男が『キング一世』に乗り込んできた。ウォッカのボトルをぶら下げている。

――禁酒法時代のマフィアか？

神野は初めて見る男だった。

「黒井君、やはり妙だぞ。赤羽橋でのバトルは付近の防犯カメラでも確認できたが、その後のチェロキーの行方はNシステムには反応していない」

ウォッカのボトルを掲げた男が、デッキに降りるなりそう言った。

「ということは……」

黒井がボトルを受け取りながら訊く。

「過激派か他国の工作員だろう」

言いながら男が、神野を凝視した。

「心配なく。うちの若頭です。菅沼《すがぬま》さんの時代に正式に警察庁に採用されています。つまり黒井機関のメンバーってことです」

黒井が早口で説明し、神野にむかって顎をしゃくった。驚いた。

自分への叱責ではなく、海上での密談のサポート要員として呼び出されたのだ。

この役は自分しかいない。

『黒井機関』のふたりのオーナーのうちのひとりということだ。

「初めまして。神野徹也と申します。こんな中途半端な格好ですみません」

ノーネクタイの白いワイシャツと紺のスーツパンツに軍手と鉢巻きはあまりに陳腐な格好だがいたしかたない。

「内閣情報調査室《サイロ》次長の狩谷《かりや》正隆《まさたか》だ。菅沼さんが総理補佐官に専任することになったので、私が後を継いだ。よろしく頼む」

狩谷は拳を軽く突き出してきたので、神野も会釈をしながら軍手のまま拳を合わせた。ひたすら恐縮した。

総長の黒井は、警察学校入学時から、他の警察官とは別な道を歩まされたそうだ。

潜入捜査員という特殊な道だ。

それも単にどこかの反社会的勢力の団体に潜り込むというものではない。自分自身が街の不良として売り出し、暴走族を作るというものだった。

それが『関東舞闘会』の前身である新横浜を拠点とする『横浜舞闘会』だった。

神野が、黒井と出会ったのはその時代だ。

黒井はそれから用意周到に神奈川の指定暴力団を糾合《きゅうごう》し、ついには東日本最大の勢力を持つ暴力団『関東舞闘会』を作り上げた。警視庁はさぞかし喜んで指定したはずである。

神野が打ち明けられたとき、黒井は十年かかったと笑った。

だが世間の誰もがこの指定暴力団『関東舞闘会』が警察庁と内閣情報調査室の外郭団体とは知らない。

オーナーは二人いるというのはそういう意味だ。もうひとりは警察庁長官青柳《あおやぎ》昭三《しょうぞう》だ。正式には『黒井機関』と呼ばれている。

神野は四年前に打ちあけられ、同時に特別国家公務員として採用された。公務員ヤクザということになる。

他の組員たちは知る由もない。

「Nシステムを改竄《かいざん》することが出来るのは、警察内部の者しかいないのではないですか?」

黒井が聞いた。

Nシステムとは、自動車ナンバー自動読み取り装置のことだ。警察の手で全国の主要道路、高速道路に設置されてある、手配車両のナンバーと照合するシステムである。Nシステムを通過した車両は二輪車以外すべて記録される。各都道府県によって捜査支援システムなど呼び名は異なるが、手配車両のナンバーを打ち込むと、通過ポイントをすべて割り出すことが出来るうえ、車種のメーカー、所有者の情報が一目瞭然となる画期的なシステムだ。

Nシステムの導入によって検問は相当数減らすことが出来たといえる。

「警察内部の職員が、改竄などすれば、たちまち使った者が特定されるさ。捜《S》査支《S》援分《B》析セ《C》ンターは大慌てだが、内部改竄の痕跡はない」

狩谷は警視庁内部の情報にも精通している。もっとも警視庁公安《ハム》部もまたサイロの内情は知り尽くしているのだが。

神野は聞き耳を立てながら、肉を焼いた。さらに玉ねぎ、ピーマン、プチトマトなどの野菜も並べる。

そもそもチェロキーのナンバーをキャッチできたのは、所轄が回収したエルグランドのドラレコからのはずだ。

「偽造ナンバーでも、車種や所有者情報が異なっても通過ポイントは把握されるはずですよね」

黒井が訊いた。

「所有者も出ない。つまり特殊加工がされたナンバープレートということだ。運輸支局にも登録がなかった」

狩谷がシャトーブリアンを凝視しながら言った。

「レアでよろしいでしょうか？」

肉を返しながら神野は訊いた。

「いや、私はよく焼いたほうが好きだ」

「俺もだ」

黒井も言った。神野はもう少しじっくりと焼くことにする。額に汗して野菜類も、時々裏返す。歌舞伎町の部下たちには見せたくない姿だ。

「ロシアかチャイナか、それともキタってところですか？」

黒井が言いながらウォッカをグラスに注ぎ分けた。神野の分もあった。ほっとする。

――やはり怒ってはいねぇ。

「公安《ハム》もあるところを張り始めているな」

狩谷が黒井の双眸の動きを窺《うかが》うように覗き込んでいる。

「どこらへんにでしょう？」

黒井は見事なポーカーフェースだった。

「三葉商事。実は我々も二月からずっと監視している」

狩谷はまだ黒井の眼を見ている。

「そうですか」

黒井は微動だにしなかった。すでに神野から本橋の情報は上がっているのだが、その気配は全く見せない。

神野は動揺したが、肉を焼くことに集中した。

「カムチャツカの液化天然ガスプラントに、おかしな動きがある」

狩谷が片眉をあげた。

「おかしなとは、どんなです？」

黒井がウォッカのたっぷり入ったグラスを差し出した。

「あのプラントで、覚せい剤も精製しているという噂《うわさ》がある。ガス化した覚せい剤だ。風に紛らせて流すだけで麻薬中毒者をたくさん作れるってことだ」

「そりゃ屁《へ》みたいなもんですね？」

黒井が高笑いした
「西側の経済制裁に、いよいよ音《ね》を上げて、北朝鮮みたいなマネをしやがる」

狩谷はウォッカを一口飲み空を睨んだ。

「ロシアの魂胆はわかりますが、三葉商事がそれに手を貸しているというのはありえるんですかね」

「わからん」

そんな会話を聞いているうちに、神野の手もとでシャトーブリアンがほどよく焼けてきた。

「どうでしょう」

神野はふたりにお伺いを立てた。覚せい剤の話の腰を折ってしかられるかと思ったが……。

「おぉ、いいね」

狩谷が笑った。

神野は安堵《あんど》しトングで皿に分ける。黒井が受け取りながら、

「お前も一杯やらんか」

とグラスに目配せした。

「いただきます」

神野もウォッカを呷《あお》った。立ったまま三人で食事となった。雲が少なく爽快だ。

『キング一世』は横浜港に向かい始めた。ちょうど東京湾の中心まで来ている。神野はレインボーブリッジとベイブリッジを見比べた。似たようなものだった。

「三葉商事に、難癖つけてガサでも入れられないんですか。セットアップならすぐにしますが」

黒井が肉を齧《かじ》りながら笑う。

三葉商事の社員を闇カジノに誘い込むとか、女を放って痴漢容疑を仕掛けるとか。薬物所持者をひとり作り上げるなど、ヤクザなら朝飯前だ。それでガサ入れの口実をつくるのだ。

「いやいや、カムチャツカ半島での『リオートX』プロジェクトは日本にとっても国策的な仕事だから容易に撤退は出来ない。だが、怪しいものを国内に持ち込んでいるとすれば、闇処理せねばならんだろう」

狩谷が声を絞り出すように言った。

「ですか……」

黒井が顎を引く。

「なら一気に自分らの出番ですね」

と続けた。

神野も自然に背筋が伸びた。

「三葉商事は何らかの秘密を握っている。だが、口に出せない状況なのだろう」

狩谷がシャトーブリアンを口に運ぶ。

「ロシアの工作員が絡んでいるとして、公安が横から手を出してきませんかね？」

黒井が気だるそうに首を回しながら訊いている。

「平時の公安なら大使館関係者に何らかの罠《わな》を仕掛け国外退去に追い込み、協力していた日本人も別件で挙げるさ……」

狩谷が言葉を切った。ウォッカを飲む。

「……だがね、いまは手を出せない。刺激が強すぎると表舞台でもややこしいことに直結してしまうからな。とくに三葉商事関係者にロシア側への協力者がいたとしても逮捕など出来ない。メディアに騒ぎにされたら、総理は『リオートX』からの撤退に舵《かじ》を切らざるをえなくなってしまう。それは我が国のエネルギー危機に直結し、なおかつ中国のプロジェクト入りを招くことになる」

それは最悪の結論だ。

「つまり公安《ハム》もサイロも、見守るだけで、俺らにやっちゃってくれと……」

黒井が自嘲的に笑う。

「そうだ。闇の中で処分してしまいたい。変死で結構」

狩谷があっさり言う。

「見られながら仕事をするというのも気乗りしないですね。セックスを見られているみたいで。殺しもいちおう秘め事ですから」

黒井は少し焦げすぎた玉ねぎを摘《つ》まんだ。肉の上に載せて一緒に齧っている。

「黒井君は乱交が好きだと聞いたがね」

「好きですよ。ですからサイロもハムも、俺らと一緒にマシンガン持って、撃ちまくりませんか。この国を護《まも》るために、みんなで汗をかくのって悪くないでしょう」

「いつかいやでもそんなことをしなければならない日が来るかもしれない。だが、いまは黒井機関だけでやって欲しい」

「狩谷さん、乱交パーティを見ているだけの単独客みたいですね。オナニー派ですか?」

「そうだ。特にサイロは見ているだけだ。たとえ、目の前で黒井機関のメンバーが殺されても助けない。それが我々の任務だ。ハムも同じだ。監視がバレては、敵に情報をひとつ渡すようなものだからな」

狩谷が黒井を正視した。

「承知しました。たっぷりと見せつけてあげますよ」

黒井がグラスを顔の前まで上げて、不敵に笑った。神野も同じようにグラスを高々とあげた。

オヤジに恥をかかせるわけにはいかない。

2

三葉商事本社の巨大なエントランスロビーの中央にある半円形の受付カウンターの前。喜多川景子は名古屋帯の間から香の匂いをたっぷりまぶした名刺を差し出した。

「私、こういうもんですけど、エネルギー本部の本橋時雄さんに会わせてもらえませんか。連絡がつかなくて困っているんですよ」

ブルーのワンピースにイエローのスカーフを巻いた受付嬢が、ふたりそろって立ち上がったものの名刺を凝視し、どちらも複雑な顔をする。

【デリバリーヘルス・シスターギャング・代表　けいこ】

「あの、ご用件は？」

背がわずかに低いほうの受付嬢が、おずおずと切り出してきた。

「うちの子が、代金を貰《もら》っていないのよ。おしゃぶり代金と粘膜擦り代金。ひとりだけじゃないのよ、ロシア人とか取引先とかいう人たちの分も全部本橋さんが持っていったきり、なしのつぶてだもの。頭きますよ！」

大きな声で言ってやる。受付嬢の顔が引きつった。

「少し、お待ちください」

もうひとりのほうが、焦った顔でカウンターの電話を取った。タブレットで社内番号を探し、番号を押している。四桁だった。

相手はすぐに出たようだ。

「あの本橋主任にご来訪の方が……シスターギャングのけいこ様と……えっ、あっ、はい……」

受話器の中の声が甲高く響いてきた。

「けいこ様。申し訳ございません。本橋は本日お休みをいただいているようでございます」

受話器を置いた受付嬢が、慇懃《いんぎん》無礼《ぶれい》な口調になり形ばかりのお辞儀をした。

景子はニヤリと笑った。

ここからが関東舞闘会神野組の組長の情婦《イロ》としての腕のみせどころだ。

「あーそうかい」

景子はやにわに着物の胸襟から一枚の紙を抜き出した。

請求書だ。

【三葉商事　エネルギー本部第二部　本橋時雄様　女五人　セックス代金　三十五万円也　二〇二二年　十月二〇日　シスターギャング代表　喜多川景子】

「だったら、いますぐ経理部に行って出してもらってきてよ。社員が会社名出して、売掛にしていったんだから、いなかったら会社が払うのは筋だろう。こら、お姉ちゃん、下向いてんじゃないよ、こっちには本橋のサインや名刺、それと一緒に来た接待相手との愉《たの》しい写真もきちんと揃っているんだ。裁判所にもっていくよ！」

啖呵《たんか》を切った。

真昼間、ラメ入り黒正絹《しょうけん》に胡蝶蘭《こちょうらん》の刺繍《ししゅう》入りの着物の莫連女《ばくれんおんな》が、総合商社のロビーで喚《わめ》いているのだ。

受付嬢も他の訪問者たちも、慄然となった。

ざまぁ、見やがれだ。

もちろん神野に命じられてきたのだ。恐喝ではない。債権者本人の取り立てだ。極道が代理で来ると即手錠を打たれるが、債権者本人なら多少声を張りあげても問題にはならない。

受付嬢は、再び受話器を手に取った。

「あの、先ほどのけいこ様ですが、請求書をお持ちのようで、エネニの方、どなたか対応していただけませんか」

困惑顔で言っている。

景子は内心、エネルギー二部に再度連絡してくれて助かったと思った。経理部が出てきて、三十五万円って渡されたら、そこでこの芝居も終演となる。

「ただいま、本橋と同じ部署の者がまいります。あちらのソファにお掛けになってお待ちください」

受付嬢が美術館のように絵画の並んだ壁際の応接セットを指さした。

「ありがとう。佐々木《ささき》さん。あなた、うちに転職したら、月に二百万は稼げるわよ。その気になったら、いつでも連絡してね」

そう言ってからくるりと背を向ける。受付嬢は眼を合わせようともしなかった。

だが意外とこんな女が、かなり離れた街まで出向いて風俗の仕事に就いていたりするものだ。

座ったところでスマホを取り出した。カメラモードにして、応対用の社員が来るのを待つ。

エレベーターホールから四十歳ぐらいの男が受付で確認して、景子のほうへとやってきた。

小太りで丸顔の男だった。ライトグレーのスーツに臙脂《えんじ》色のネクタイ。髪の毛はやや薄い。景子はその顔と全身をスマホの動画に撮った。

これで役目を果たした。特攻隊の松本のマトが出来たということだ。

「お待たせしました。涌井と申します。本橋とは同じ部署の者です」

言葉は丁寧だが、いかにも面倒くさそうな顔をしている。

「金持ってきた？」

わざと品性のない言い方をする。

「いやいや、そう申されましても。事情がよくわからないもので……請求書を預からせていただけないでしょうか？」

いったん受け取り、この場だけを収めたいようだ。それでいい。景子としても長居は無用だ。

「月末までに振り込んでください。入金が確認出来なければまた来ます。涌井さん、受け取ったという証拠にご名刺いただけますか？」

景子は扇子で顔を扇《あお》ぎながら、手を差し出した。

涌井が、仕方なさそうな顔をして名刺を寄こす。景子も自分の名刺を渡す。半ば押し付けだ。

【三葉商事　エネルギー本部　第二部　リオートXプロジェクト主任　涌井秀樹《ひでき》】

本橋とまったく同じポジションのようだ。

「ありがとうございます。それでは、お支払いお待ちしております。涌井さんも、発情したらいつでも電話くださいね。丸の内だろうが、カムチャツカ半島だろうが、うちの女《こ》は、どこでも駆けつけて、すぐにパンツ脱ぎます。相手がロシア人でもOKですよ」

思い切り下品に言ってやる。

涌井が周囲を見渡し、両手を挙げて制した。だが、カムチャツカ半島とロシア人という言葉に、涌井の眼は明らかに反応を示した。

「はい、私、涌井がこの請求書は何とか処理しますから。とにかく穏便に」

「では、お願いします」

潮時とみて、景子はソファを立った。

ビルを出ると同時にスマホで撮った動画を、神野と松本のスマホに送信する。涌井の名刺も撮影して送る。

タクシーを拾い乗り込むと、ちょうどその後ろに黒のアルファードがやってきた。

助手席に松本がいた。運転は手下にまかせている。他にも兵隊が三人乗っているはずだ。

景子はタクシーの後部シートに腰を下ろすなり、前を向いたまま片手をあげてエールを送った。アルファードはそのまま、三葉商事ビルのエントランス付近に停車した。

3

午後九時。

「出て来たぜ。あの太ったおっさんに間違いないだろう」

松本はアルファードの助手席から後部席で待機している手下三名に声をかけた。

「間違いないですよ。姐さんが撮ったこの動画と同じ服装ですし」

真後ろにいるケイスケがスマホと歩道を交互に見ながら言った。

「組長が姐さんを投入してくれたので無駄弾《むだダマ》を撃たずに済んだ」

松本は涌井秀樹の背中を目で追った。

内川が赤羽橋のマンションを見張り出したのと同時に、自分も三葉商事を監視していたがマトを絞れずにいた。適当に弱そうなやつを攫《さら》って本橋の部署の社員を連れ出させるという手を考えていたが、それは二度手間になるということだった。最初のひとりを攫った時点で、セキュリティのハードルが上がる可能性もあった。

組長が手間をひとつ取り除いてくれたわけだ。

ゆえに失敗は許されない。

界隈《かいわい》に林立するビルの窓の灯りはほとんど消え、歩道の人出はまばらになっていた。歌舞伎町とは正反対の街だ。

この時間まで残業をしてくれた涌井に感謝する。

「ケイスケ、車を止めろ」

涌井の周囲から人が途切れたところで、松本は叫んだ。

「へいっ」

アルファードが完全に停止する前に、松本はドアを開けていた。躍るように歩道に飛び降りる。

続いて後部席のスライドドアも開いて、シュンジ、ヒデト、カズオの三人も飛び出してくる。全員がオフィス街に紛れられるように地味なスーツを着てきていた。わざわざビジネスバッグも持っていた。中には鉄板しか入っていないが。

涌井は二メートル先を歩いていた。

「おいっ、あんた。ぶつかっておいて知らん顔はないだろう」

その背中に因縁をつけた。

「はぁ?」

と涌井が振り向いた。狡猾《こうかつ》そうな目をした男だった。その顎にカバンの角が当たるように、アッパーカット気味に振る。顎下《チン》に入る。

「ぐわっ」

涌井は一発で気絶し、よろけた。他人に殴られたことなどない素人はこんなものだ。

「涌井さん、どうしたんですか。デスクで飲みすぎですよ」

「車で送りますよ」

シュンジとヒデトが、すかさず涌井の両腕を取り介抱を装った。

アルファードがずっと並行してガードしているので、車線側や反対側の歩道からはこちらの様子は見えないようになっている。

松本とカズオが介抱される涌井の前後に立ち幕《まく》を作った。これが拉致をする場合の神野組のフォーメーションだ。

四人で取り囲んだまま、涌井をアルファードの後部席に放り込んだ。アルファードは歌舞伎町に向かった。

三十分ほどで、あずま通りの古い六階建てビルに到着した。

『黒神《こくじん》ビル』。全館が神野組関連の施設だ。

一階は『神蔵《かみくら》質店』。

界隈の飲食店や風俗店で働くキャスト、ホストたちが客からもらった品物を現金に換える場として運営している。歌舞伎町で最も換金率が高い。利益よりも救済を主としているからだ。

ボーイやコックといった裏方には、質草が安物の時計であっても五万程度までなら貸してやる。期限が来ても質草があるから取り立てはしないので、街の住人たちは安心して借りることが出来る。

神野組の目的は、利息収入ではなく、この街で働く者たちの情報収集にある。ひとりのキャストやホストの質草や訪れる頻度から様々なトレンドや行動様式が見て取れるのだ。ひいては彼らが働く店の状態までもうかがい知ることができるのだ。したがって多少の損失があっても情報料だと思えばたいしたことではなかった。組長はそれらの情報をどこかに売って利息などよりはるかに高額な報酬を受けているそうだ。

――関東舞闘会は、どこか他の組とは違っている。

松本はそう思っていた。

ビルの二階から五階までは、風俗、スナック、ラーメン店、お好み焼き店、カラオケボックス店などの店舗が入っていた。

これは幹部たちの情婦のシノギのためであるが、同時に組員たちの憩いの場ともなっている。

飲食店は、いわば組員たちの社員食堂で、カラオケボックスは会議室、仮眠室としても使うこともできる。堅気の客が楽しんでいる場合は、礼儀正しくふるまうように組長からきつく言われていた。

デリヘル『シスターギャング』の事務所もここにあった。もちろん組員は、格安で利用できる。デリ嬢たちへの補塡は姐さんがしているらしい。

六階は全フロアを『青嵐《せいらん》実業』が占めている。

金融業と不動産業が中心だが、ありとあらゆる定款を登記しているのでなんでもできる。神野組のフロント企業の中枢である。

手形パクリや地面師詐欺、薬物密輸などの裏社会ビジネスには何でも参入していく。

だいたいの場合、すでに行われている新手の犯罪ビジネスを乗っ取りにいくことが多い。その場合、先兵となって攻撃を仕掛けるのが内川と松本がいる切り込み隊だ。後のビジネスはフロント企業班が引き継ぐ。

神野組は武闘派とインテリ派にきちんと分かれているのだ。

そしてこのビルの地下にＳＭクラブ『ジェラシー歌舞伎町』があった。

早い話が拷問部屋だ。

ＳＭクラブなので責め具は各種揃っており、防音装置も万全であった。

涌井をそこに放り込んだ。

素っ裸にして十字架の磔《はりつけ》にした。

松本は、組長の神野徹也が部屋に入ってきたところで、男に水をかけた。バケツで顔に向かってバサッとかける。

涌井が目覚めた。恐怖に顔を引きつらせた。

「あなた方は、いったい何のために……あっ、昼に来た歌舞伎町の風俗店の後見人ですか。あの金は払いますよ。こんなことをしなくても、私が自腹を切ってでも払いますから、無茶なことはしないでください」

唇を震わせている。

「あいにく女王様が留守なんで、今夜は王様の俺が担当する」

松本が一条鞭《いちじょうむち》で、コンクリートの床を叩いた。

「ひっ。あいにく私は、その趣味がありませんので」

涌井は涙目になっていた。さぞかし脳内は混乱していることだろう。混乱しているうちに追い立ててやる。

「本橋は、どこに消えた？」

鞭を振るった。涌井の左肩から右腰に掛けて袈裟《けさ》状に打った。数分でミミズ腫れが浮かんでくるだろう。

「私は知りません。本橋は先週の連休明けに出てきて以来、無断欠勤のままなんです。会社も探していますが、行方が摑めておりません。自宅にも帰っていないようです」

涌井が身体ごと震え始めた。

「奴は何の仕事をしていた？」

背後で神野の声がした。松本は一歩下がった。

「カムチャツカ半島での液化天然ガスプロジェクトで国内メーカーへの輸入を担当しています」

「お前は？」

と神野が涌井の前に立った。ウォッカのボトルを手にしていた。アルコール度数九十五度のスピリタスだ。キャップを開けている。

「同じプロジェクトで、プラント運営のほうを担当しています」

涌井がウォッカのボトルに視線を落としながら答えた。

「そのプラントでガス以外のものも造っていたんじゃないのかよ？」

神野がスピリタスのボトルを振った。透明な液体が涌井に全身に注がれる。短い悲鳴が上がり、拷問部屋全体がアルコール臭くなった。

「それは……」

涌井が言い淀《よど》む。

「松本、火は？」

神野が振り返って言う。松本はすでにオイルライターのフリントホイールを回していた。ぼっ、と炎が上がる。その炎を翳《かざ》したまま、涌井の横に進む。

「……わかりました。喋ります。プラントの中に覚せい剤の精製所もあります。液化したノースドロップをスプレー缶に詰めている作業を見たことがあります。本橋はそれを国内に入れる仕事をしていたのではないかと……」

涌井は十字架の上で身を捩じった。

「見ただけじゃねぇだろう」

神野がさらにスピリタスのボトルを振った。涌井の顔面にざばっとアルコールが飛んだ。

「いえ、本当です。私はある日カムチャツカ出張のさいに間違えて入った倉庫で、ロシア人たちがしている作業を見ただけです。翌日、部長の波旗《なみはた》に他言するなと言われました。見て見ぬふりをしていないと、三葉商事はこのプロジェクトから外されると……本橋はおそらくその件に絡んでいるんだと思います」

涌井はぼろぼろと涙をこぼし始めた。まんざら嘘ではあるまい。松本はそう感じた。だが、神野は違ったようだ。

「松本、こいつのキンタマを炙《あぶ》れ」

命じられたので、股間に炎を差し込んだ。睾丸《こうがん》が一気に蒼い炎に包まれた。

「うわぁあああああ。止めてください。すべて波旗さんがロシア側と決めたことなんです。日本とロシアの関係が悪化してもこのプロジェクトが存続しているのはおそらく波旗部長がその覚せい剤密輸に協力しているからです。これは、国のためなんですよ」

「ちっ」

睾丸の炎はすぐに消えた。アルコールが気化することは計算済みだ。

神野が、ボトルを涌井に投げつけた。でっぱった腹部に当たる。

「ぐふっ」

涌井が呻く。

「まだ、そんなもんじゃねぇだろう。ロシアはそれをどう使うつもりなんだ。松本、ガソリン持ってこいや！」

「はいっ」

いよいよ仕上げに入ると知った松本は、拷問部屋の隅にあるポリタンクに向かった。赤い二リットル入りポリタンクだ。

「それは、勘弁してください」

「覚せい剤ボンベで何をしようってんだ！　そいつぁ、単純にウリをするためじゃねぇだろう」

神野が追い込んでいる。さすがだ。確かに単純にシャブで儲《もう》けたいだけなら、粉のままのほうが捌《さば》きやすい。液化ガスにする理由はどこにある。

「クラブやイベント会場で集団ごとハイテンションにするためだと……あぁあ、ガソリンはかけないでください！」

「なんのためだよ？」

神野が言いながら目配せしてきたので、松本はポリタンクの蓋を外した。わざと揺らしてちゃぷちゃぷと音を立ててやる。

「内部混乱を起こさせるためとか……よくは知りません。本当です。これも波旗が誰かと電話で話しているのを聞いただけですから」

「その話した相手も、てめえは知っているんだろうがよ」

神野が葉巻を咥《くわ》えた。涌井の眼をじっと睨んでいる。

「いいえ……」

涌井の瞬《まばた》きが早くなった。

神野は尻ポケットからオイルライターを取り出した。風神と雷神の模様がプリントされたジッポーだ。

「うわぁああ。経産省の三國屋剛造《みくにやごうぞう》さんです。二十年前からリオートXを主導していた官僚ですよ……私、これを言ってしまったら、もうこの国にはいられない」

涌井はうなだれた。

「心配するな。この世にもいられなくしてやる。松本、ガソリンを掛けろ」

神野がジッポーを振って蓋を開けた。松本は渾身《こんしん》の力を込めてポリタンクを持ち上げ、涌井めがけて大きく振った。液体の放物線が飛ぶ。

「うっわぁああああああああっ、止めてください」

涌井が総身を痙攣《けいれん》させた。股間で陰茎が怒張した。

ざぶんとかかる。

「ひっ」

真水を被った涌井が気絶した。ただの水だ。最初のアルコール臭さで、涌井の臭覚は鈍っていたのだろう。そのウォッカも洗い流したことになる。

「こいつは、当面ここに監禁しておけ。松本、ご苦労だったな。うえでセックスでもしてこいや」

神野が葉巻に火をつけ出ていった。

「へいっ」

松本は見送り、すぐにスマホを開き、三葉商事の波旗という部長と経産省の三國屋を検索した。次に攫うのはこの男たちだからだ。

ところで相棒の内川はどうしているのか気になった。

自分も地上に上がった。三階のスナックで、一杯ひっかけて、焼うどんでも食いたい。女を抱くより、食い気のほうが勝っていた。

いったん、あずま通りに出ると、十メートルぐらい離れた電信柱の陰から、白人の男が三人このビルを見上げていた。

うちふたりはなんどか見かけたことのあるロシアマフィアだった。向こうも松本の顔は知っているはずだ。残るひとりはキャップを目深にかぶっていた。

「おいこらっ。カチコミかぁ？　やんのかよ！」

先に威嚇してやる。

多少のいざこざは日常茶飯事だ。ヤクザやマフィアは常にライバルの様子をうかがっており、隙あらば食ってくる。

三人ぐらいはどうってことない。このビルには二十人以上の神野組組員が待機しているのだ。

ロシアマフィアのひとりが笑顔で片手をあげた。揉《も》める気はないらしい。三人はそのままUターンしていった。肩透かしを食らった気分だ。

「ふん。撤退かよ。うちのシマに侵略してくんじゃねぇぞ！」

三人の背中に怒声を浴びせ、松本は、エレベーターに乗り込んだ。

4

本橋香織は久しぶりに外に出た。新橋《しんばし》駅前の人ごみに混じりドラッグストアに向かっていた。

黄昏時だった。

SL広場を早くも酔客が行き交っている。駆け出しディレクターの時代、この広場で、よくインタビューを取ったものだ。

東日テレビ内にも薬局やコンビニはあるもののどうしても外の空気が吸いたくなった。時雄のノートパソコンにあるさまざまな情報を読み、胸が苦しくなってしまったのだ。

直接太陽の光を浴びていないせいで、体内時計がおかしくなっているようだった。局内のクリニックで処方箋を出してもらい、睡眠導入剤が欲しいところだったが、手間がかかるので、市販の睡眠改善薬を求めることにした。

時雄が残したファイルの内容に戦慄を覚えた。

恐ろしすぎて、失禁しそうになったほどだ。

リオートXプロジェクトの裏に隠されていたのは、覚せい剤ばかりではなかったのだ。

時雄は香織に伝えていなかった疑念も備忘録には記していた。

【ガス化した覚せい剤入りの大型ボンベだと思っていたが、あれは爆弾そのものではないか？　いずれにせよ日本国内に運び込もうとしているのは間違いない】

そう書かれていた。香織が聞かされていなかった見立てだった。

時雄も確信が持てなかったのだろう。

だからこそ確認のために津軽海峡へと出かけた。

香織は眠らずに、様々なことを調べた。

彼が目撃したボンベのようなものが、もしも核弾頭であったとしたら、それはどんなものだろう。

考えられるのは特殊核爆破資材（Special Atomic Demolition Munition）。

通称SADMであった。

冷戦期の一九六〇年代にアメリカが開発した、持ち運べる核爆弾だ。ネットで拾った資料によると大きめの背嚢《リュック》にW54という核弾頭を詰めて兵士が運ぶ計画だったらしい。その運搬の簡便さからスーツケース爆弾との別名もある。

冷戦終了まで配備されたが、結果この爆弾が使用されることはなかった。

――同じものをロシアが持っていないわけがない。

そう考えるのが普通だ。

そして資料には当時は起爆式タイマーであったため、設置した兵士が被ばくする可能性が捨てきれなかったとあった。それも使用されなかった理由のひとつだったようだ。

だが現代であれば遠隔操作を可能にしているだろう。

そんな核爆弾が日本にどんどん持ち込まれ配備されているとなれば、もはや生きた心地がしない。

時雄が、早くイタリアに移住しようとしていた理由も、これでわかった。深い闇の中を知るうちに不眠症に陥った。

『ザ・ナイト』のプロデューサー倉林星来に相談したかったが、彼女の性格上、すぐに特集を組みたがるに決まっていた。時雄の命がかかっているのだ。迂闊《うかつ》には伝えられない。

しかも時雄は、物凄い仕掛けを残していた。ロシアの工作員がどうしても夫のパソコンを奪いたかったはずだ。

たまたま部屋を間違えられなかったら、あの部屋は爆破されていただろう。

考えねばならない問題が多すぎて、眠れないのだ。

睡眠改善薬を求めたかった。

SL広場のすぐ近くにドラッグストアが見つかった。

新橋は中年サラリーマンの町とされるが、OLも同じぐらい大勢歩いている。

駅周辺の立ち飲みバーでくだを巻いたりナンパに精を出しているのも、二十代OLのほうが多いと、昨夜、女子アナの丸川奈々《まるかわなな》が教えてくれた。

ドラッグストア内にはOLらしきビジネススーツの女が大勢いた。それも栄養ドリンクの周りに多い。購入して、即座に立ち飲みしている女性もいた。

男とか、女とか、そんな区分けはもはや無意味な時代なのだろう。

香織は風邪薬のコーナーに回った。

睡眠改善薬があるとすれば、だいたい同じコーナーではないかとあたりをつけたまでだ。睡眠改善薬の大半は、風邪薬の眠くなる成分だけを残したものだからだ。目指す改善薬がなければ、風邪薬を代用しようと思う。

香織が陳列棚をのぞいていると、ふと隣に背の高いパンツスーツの女がやってきた。風邪薬を探しているようだ。

髪色はシルバーアッシュ。一般企業のＯＬではないだろう。

例えば東日テレビと同じ汐留シオサイトにある大手広告代理店に勤務している社員とか。香織は彫りの深い顔立ちを横から眺めながら、そんなふうに思った。

報道ディレクター時代からの癖で、ついつい見た目から職業を想像しようとするのだ。

睡眠改善薬は見つかった。三種類あった。成分はどれも同じようなものなので、一番安価なものを取った。

隣の女性も同じ商品を取った。五箱ほど取っている。相当眠れないようだ。それならいっそ医師に相談した方が早いと思うが、それこそ余計なお世話であろう。

レジではちょうど真後ろにいた。

ドラッグストアを出て、香織はSL広場を横切るように歩いた。

「本橋さんですよね」

いきなり声を掛けられた。

「えっ?」

香織は振り返った。

「あっ、やっぱり本橋さんだ。私、BS事業部の佐藤伊織《さとういおり》です。といってもわかりませんよね。当時は技術部で音声担当でしたから。報道部の方は気がつかなかったかもしれないです」

先ほどドラッグストアにいたシルバーアッシュの女だ。

「あら、そうでしたか。こんにちは」

香織は笑った。記憶にないが、そんなことはざらにある。東日テレビは関連会社も含めると三千人以上の社員がいるのだ。

佐藤は並んで歩き始めた。彼女も局に戻るようだ。

ひとりで考えごとをしたいところだったが、成り行きに任せるしかなかった。新橋駅の前まで出た。人ごみの中に、やけに体格のよい男が立っていた。スーツを着たプロレスラーのようだ。

「本橋さん、復帰なさったんですか？」

佐藤はやけになれなれしく話しかけてきた。

「いや、ちょっとヘルプで入っただけ……」

そこまで言って香織は、戦慄を覚え、歩みを止めた。

人ごみの中から大きな男がにわかに接近してきた。

香織は佐藤という女の顔を強く睨んだ。

「私、局では本橋とは名乗っていなかったんだけどな。ずっと旧姓で通していた。あなた、何故本橋と呼んだの？」

香織の旧姓は、葉山《はやま》だ。局では誰もが葉山か香織と呼んでいた。本橋と名乗ったのは、一週間前からだ。

「あっ」

女の眼が泳いだ。頬を歪ませ、ひどく醜い表情になった。

香織は駆けだそうとした。

だが、すぐに男に腕を摑まれた。叫ぼうとした瞬間に、軽く腹部にパンチが入った。目にもとまらぬ早さだった。

「くっ」

息が詰まった。香織はその場にうずくまった。

と、佐藤という女に背中をさすられた。こうしている場合ではない。すぐに駆け出してどこかに逃げなければならない。けれども、吐きそうで動けない。

「先輩、酔っぱらうの早いですよ。まだ五時ですってば」

腕に魔の手が伸びてきた。静脈がチクリとした。

「あっ」

急に体が冷えてきた。これは麻酔薬だと思う。胃の痛みも消えたが、同時に記憶も飛んだ。間違いなくこのふたりは工作員だ。

第五章　特別軍事作戦

1

神野は麻雀《マージャン》をしていた。珍しく眼鏡《めがね》をかけていた。ロイド眼鏡だ。

本部ではなく、あずま通りのフロント企業用のビルの六階『青嵐実業』の会議室だ。松本とその部下のケイスケとカズオと卓を囲んでいた。

昨日、三葉商事の涌井を首尾よく攫《さら》ってきた報奨金を渡すための麻雀だ。

松本に三十万、下の二人には十万円ずつ。勝たせるつもりだ。

極道に給料はない。それぞれがシノギを持って組に上納するのが本来の極道としての筋だ。

だが神野組では、武闘派組員からは上納金を取っていない。戦闘員としての訓練と日々の威嚇任務に専念してもらうためである。衣食住は本部とフロント企業用のビルに寝泊まりすることで事足《ことた》りる。そしてでかい任務を遂げると、何らかのかたちで小遣いが出される。

極道なので、博打《ばくち》だ。神野はじめ、幹部が博打でわざと負けてやるのである。

神野組では武闘派は喧嘩《けんか》だけしていればいいことになる。

逆にフロント組は、いっさい荒事はしなくてよい決まりだ。ありとあらゆる悪知恵で稼ぐ。悪徳企業からの手形パクリ、地面師の横取りなど、玄人《くろうと》を相手にすることが多い。特殊詐欺の横取りなどは、そのまま悪玉潰しにつながる。

そうした形で、神野組は徹底した分業制を取っている。

『暴経分離』政策。

暴力ヤクザと経済ヤクザをしっかりわけて、組の運営に当たっているということだ。

武闘派は歌舞伎町二丁目の本部詰め。頭脳派はあずま通りのビルが職場となっている。

「おいっ、松本、これでも当たれんだろうよ」

神野は、五萬を切った。

「はい、ロンです！　親満っす」

松本が歓喜の声を上げた。

「おお、これでやっとお前がトップだな」

点棒を放り投げながら、神野は破顔した。麻雀で勝たせるにも腕がいるが、実はいかさまをやっている。使用している牌《パイ》には特殊なチップが入っており、神野がかけている眼鏡で覗《のぞ》くと牌が透けて見えるのだ。

手品の小道具のようなものだ。

それで三人の待ち牌がなんであるか知ったうえで、振り込んでやる。子分に金を渡すのも楽じゃないが、こうした余興を神野は好んでいた。

「うっす」

麻雀牌を流し、新たな牌がセットされた。

「涌井は寝たままか？」

神野は訊《き》いた。

「はい、今朝、無断欠勤に思われないように、本人から会社に欠勤の電話を入れさせ飯は食わせました。そのあとは、ミンザイで眠らせています」

ケイスケが答えた。命じてもいないのに、先を読んでやっている。無断欠勤で騒がれても困る。

涌井の使い道はまだある。波旗という黒幕を誘《おび》き出すための囮《おとり》に使いたい。それ以外助かる見込みがないと洗脳し、こちら側の情報提供者に仕立て上げるのだ。

――さてと、次はケイスケをあがらせるか。

と、下家《シモチャ》のケイスケの配碑を覗いた。

と階下で大きな音がした。ダンプでも突っ込んできたような激突音だ。

「なんだ？」

神野は片眉を吊り上げた。

「見てきます！」

「俺も」

ケイスケとカズオが立ち上がり、すっとんでいった。

「チャイナが悪ふざけしてんじゃないですか」

松本も立ち上がった。中国系マフィアはやたらと爆竹を鳴らして虚勢を張りたがる癖がある。

「このビルの前では鳴らさねぇだろう。お前らこのところちょっと舐《な》められてんじゃねぇか！　歌舞伎町は日本の領土だぜ。ロシアやチャイナを好き勝手にさせてんじゃねぇよ」

神野は活を入れた。

「いやっ、すんません。チャイナだったら、煮立った中華鍋に顔突っ込ませてやりますよ」

松本も身を翻して階下へと飛び出していった。

神野はおもむろに、ジャケットの内ポケットからスマホを取り出した。ロイド眼鏡をはずし、スマホのセキュリティのアイコンをタップする。

ビル内各所に取りつけられた監視カメラからの映像をスマホで見ることが出来る。

一階、入り口付近の画像が流れた。

「こりゃ、なんだ！」

神野は呻いた。

エントランス付近の地下のＳＭクラブに降りるための鉄扉が爆破されていた。地下だけが独立した入り口になっているのだ。上階へ通じる階段とは正反対の位置にある。

穴の空いた鉄扉の前にケイスケとカズオが倒れていた。

ピクリとも動かない様子だ。

そこに、エレベーターホールから出てきた松本の背中が映った。当然、松本も慌てていた。

「どういうこった！」

神野は、すぐに金属バットを持ち、エレベーターを待つのももどかしく階段で降りた。

階段の手すりに尻を乗せ、滑りながら降りる。五階から二階までは普通に営業していた。二階の踊り場に景子が出てきていた。なまめかしい赤いスリップドレスを着ていた。乳房と陰毛は透けていた。

「あんたぁ、下でなんかあったんですか？」

景子も爆発音を聞いてカラオケボックスから出て来たらしい。

カラオケボックスはデリヘル嬢の待機所も兼ねており、景子はここで電話を受けては差配しているのだ。たまに、神野とルーム内でやることもある。

「女は全員、部屋から出すな！　どこかの世間知らずがカチコミをかけてきたようだ。本部に連絡しろ。全員、道具持って来いと！」

怒鳴りながら一階に降りた。

辿りつくと同時に松本の身体が正面から飛んできた。顔が血しぶきに塗《まみ》れていた。

鼻梁《びりょう》が曲がっているようだ。

「ぐふっ」

その身体を胸板で受け止めた。神蔵質店と書かれたシャッターの前だった。

「おやっさん、すいやせん。とんでもなく強《つ》えぇ野郎で」

松本はごろりとその場に倒れた。

地下室へ続く階段の前に、大型冷蔵庫のような男が立っていた。

迷彩色のパンツとカーキ色のタンクトップを着ている。露出した肩は盛り上がっており胸板も厚かった。双眸《そうぼう》は氷のように青く、首は猪《いのしし》のように太い。

あの男だ。

消えたキャバ嬢のマンションの防犯カメラに映っていた男だった。

「てめぇ、誰に喧嘩売っているのかわかってんだろうな！　ここは関東舞闘会神野組の別館だぞ」

神野は、金属バットをまっすぐに構えた。男は殺気を纏《まと》っていた。

「マンションに雪崩《なだ》れ込んできた男たちもそういってたが、俺は誰にも喧嘩を売っていない」

虚無的な笑いを浮かべている。

「だったら、歌舞伎町に何しにきやがった」

神野は、男に隙が出来るのを待った。

「必要なものを取りに行き、不要な物を処分しに来ただけだ」

男は、かったるそうに首を回した。

「不要な物を処分だと？」

男の背後を窺《うかが》った。

「あぁ、たったいま処分した」

「涌井に何しやがった？」

神野は金属バットを突き出したまま、さらに一歩踏み出した。男は後退しなかった。むしろ神野が仕掛けてくるのを待っているようだった。

「いま処分中だ。わざわざSMクラブという舞台をセッティングしてくれて助かったぜ。いまに事故死する」

親指を立てて背後の階段を指した。地下に通じる階段だ。男の余裕のあり過ぎる態度に、神野のほうが焦《じ》れた。

「このデブが！」

金属バットの尖端を男の顎に向けて突き出し、すぐに下に向けた。フェイントだ。

狙いは腹部だ。

男の眼が一瞬泳いだ。バットの尖端は、ずぼっと男の臍《へそ》のあたりにめり込んだ。

「ふっ」

男が息を吐いた。吐いたのは息だけだ。バットは確かに腹にめり込んでいる。

だが男は、バットのスイートスポットの辺りを右手でがっしりと握ってきた。凄《すさ》まじい握力だ。バットは動かしようがなかった。

「くっ」

神野も力んだ。そのまま胃袋に押し込んでやろうと、ぐいぐいと押す。だが入らない。腹筋も半端ない。

しかし手を離すと、バットを相手に渡すことになる。久しぶりに総身が緊張した。

神野の額に汗が浮かんだ。

「おやっさんっ」

声とともに組の若手が十人ほど駆けつけてきた。いずれも武闘派で武器を手にしている。

午前一時。あずま通りの通行人たちは、それでも普通に行き交っていた。この街で路上の喧嘩などは、珍しいことでもない。

「こいつを袋にしろ！」

神野は叫んだ。劣勢を感じていただけに、若手が集まってくれたことに安堵した。

「うりゃぁ」

三人ぐらいが一斉に鉄パイプで挑んだ。頭、顔、首を打撃した。滅多打ちだ。

「おやっさんに向かって、てめえは何てことしてやがるんだ！」

「死ねや！」

口々に叫びながら、打ち続けた。

神野は金属バットを握ったまま一息ついた。地下室のほうも気になる。

「潰せ、潰せっ」

他の連中も加勢し、男に群がった。ラグビーのタックルのようにかぶさり相手に体重をかける戦法だ。相手が体力を消耗し動けなくなったところで、タコ殴りにするのだ。

と、地下室から女が上がってきた。黒革のパンツスーツの女だ。これも、消えたキャバ嬢のマンションの防犯カメラに映っていた女だ。

「おいっ。女、涌井に何をしやがった！」

神野は気色ばんだ。

「明寿《メージュ》っ。こっちは終わったよ」

女が人垣に向かってそう叫んだ。仲間が潰されそうになっているのに、淡々と業務報告をしているような口調だった。

「その女も攫え！」

神野は怒声をあげ、自らも女のほうへ進もうとした。そのとき男を囲んでいた人垣が崩れた。

「うわぁ」

「ひっ」

「ぐわっ。痛てっ」

神野組の若手が跳ね飛ばされた。それぞれ、顎や鼻を押さえている。頭突きをもらったようで、鼻が曲がってしまっている者もいる。外側にいた連中は、拳でボディブローを食らったようだ。ゲボゲボと吐きながら転げまわっている。

その中心から男が現れた。

メージュ。

聞き覚えがある。亜由美に頼まれてロシア人相手にセックスをしたデリ嬢が盗み聞きした会話の中にあった単語ではないか。

こいつの名だったのか。

明寿は顔面は血に覆われていたが、目は不敵に笑っている。

「痛くないんだよ、俺は……あんたもその金属バットで殴りかかって来いよ」

「ちっ、この化け物が！」

神野は、金属バットを水平に振った。さすがにここで頭を吹っ飛ばすわけにはいかない。肩を狙った。肩甲骨を叩き割ってやる。

唸りをあげて、バットは明寿の右肩をヒットした。確かな手応えがあった。骨が砕けたような音がする。

「おぉ、いいね。気持ちいいね……」

明寿の身体がすっと沈み、神野の前から消えた。

――倒れた。

そう思った瞬間、自分の股間に激痛が走った。

「ぐえっ」

神野は吐いた。

水平に嘔吐《おうと》物が飛ぶ。

金的蹴りの上を行く、金的頭突きを食らっていた。

睾丸《こうがん》が、股間の内側にめり込んだような衝撃だった。

眼が眩《くら》んだ。そこいらじゅうに火花が飛んでいるように見える。

その場に片膝を突き、腹を押さえた。苦痛で言葉も出ない。

「俺さ、肩の骨とか折れたぐらいじゃ痛みを感じないいんだよね。それよっか気持ちいいんだよ。あんたも気持ちよくなっちゃえよ」

しゃがみこんでいる神野の顎に編み上げブーツのつま先が飛んできた。サッカーボールを蹴り上げるような威力だった。

「うぐっ」

顔が夜空に飛んでいくのではないかと思った。神野は仰向《あおむ》けになり地面に両肩をつけさせられた。喧嘩上等のヤクザにとって屈辱の腹見せだ。

「あんたぁ～」

二階の階段から景子が駆け降りてきた。商売用の真っ赤なスリップドレスのまま、銀色のトカレフを握っている。護身用に一丁渡してあったやつだ。

「来るな！」

そう叫んだが、腹に力が入らず、声になっていなかった。

「撃つわよ！」

景子がヒステリックな声を上げている。さすがに明寿も一歩下がった。痛みがなくても、当たったら死ぬということは理解しているようだ。

銃声が鳴った。

だがその瞬間、銃身が大きく上を向いた。初めてトリガーを引く者は、弾丸の飛び出す瞬間の威力を知らない。ほとんどが上に飛ぶ。

一階の天井のコンクリートがばらばらと落ちてきた。

数人の通行人が訝《いぶか》し気に足を止めた。起こっている事態が飲み込めないらしい。

「そいつは、四十年も前のソ連軍のもんだろう。ちゃんと手入れをしてあるのかよ？　拳銃ってのはな、油が切れると暴発するんだ。次もまっすぐ飛ぶとは限らねぇぜ。その形のいいおっぱいが飛んじゃうかもしれない」

明寿は血だらけの顔で、景子に向かって堂々と踏み出してくる。骨折したせいで、右腕は肩から下がぶらぶらと揺れている。

「いやっ、こないでっ」

景子は腰を落とし、トカレフを両手で支えていたが、その手と腕がぶるぶる震えていた。

明寿が見逃すはずがなかった。

「次が当たらなかったら、あんたの身体から顔だけがなくなるぜ。可愛がってやるから、銃は捨てろよ」

動かせる左腕を伸ばしてきた。

「メージュ。おやつを持って帰る気？　面倒くさいんだけど」

後ろから女の声がした。

「冬子。妬《や》くなよ。このバストとヒップは、俺の好みなんだ。冬子も嫌いじゃないだろう。この女、ふたりで弄らないか」

明寿は景子の眼を見据えたままだ。景子は動けずにいた。固まってしまっているのだ。

ぬっと明寿の手のひらが伸びてきても、睨《にら》まれたまま動けずにいた。バストを鷲《わし》摑《づか》みにされた。揉まれている。

「あっ、いや」

景子が銃を落とした。

神野は立ち上がろうとしたが、睾丸を蹴り上げられた激痛はいまだ引かず、腰を上げるのもままならなかった。

すでに明寿の左の手のひらが胸襟から、すっぽり入りこんでいた。

「あっ、いやっ、そんなにきつく摘ままないで。くうううう」

引きつっていたはずの景子の顔が溶けだした。双眸に喜悦の色が浮かんでいる。

乳首は景子が淫核と同様に感じまくるポイントだった。

神野は歯ぎしりした。自分の女が、手下たちの目の前で辱《はずかし》められているというのに、睾丸を蹴られた後遺症で足に力が入らない。

手下たちも全員、身体の一部が骨折させられているようで、反撃できずにいた。

「反応のいい女ね。わかった。連れて帰ろう。明寿、早く」

冬子という女がいうと、明寿は左手だけで景子を軽々と肩に担ぎあげ、骨折しているはずの右肩に乗せた。

「楽しみだ」

景子の満月のような巨尻に向かって言う。

「いやっ、なによ、ふざけないで、おろして！」

足をばたつかせ、わめく景子の尻を、明寿はグローブのような手で何度か叩き、しまいにはスリップドレスの裾をガバリと捲った。

ノーパンだった。真っ白な生尻が晒《さら》された。尻の割れ目から紅い渓谷がわずかにのぞけた。

「い、いやぁあああ」

金切り声があがる。

「殺してやる！」

神野は正気を失った。片膝をついたまま、転がっていた鉄パイプを拾う。まだ腹部全体に重みを感じていた。足がもつれる。

それでも鉄パイプを水平に振り明寿の膝下を打った。弁慶《べんけい》の泣き所と呼ばれる急所だ。

「うっ」

さすがに明寿がよろけた。顔を歪めている。だが倒れない。本当に怪物だった。

「おやっさん。俺が殺《や》ります」

鼻梁がずれたまま倒れこんでいた松本が、景子が落としたトカレフを拾い上げていた。

血と汗で視界不良になっているようで、的を絞れず銃口を左右に振っていた。

そこに冬子が躍り出てきた。

腰を落とし、上半身をいったん捻《ひね》り、鮮やかな回し蹴りを放つ。

松本の手からトカレフが飛んだ。神蔵質店のシャッターで跳ね返り、二階にあがる階段のほうへと飛んだ。

「この女、デリヘルでしょう。二日ばかり借りてくわ」

冬子が言って、神野の股間にもローファーの尖端を打ち込んできた。立て続けに二発だ。

「ぐえっ」

眼が飛び出る思いだ。腹を抱えて、その場に前のめりで倒れた。

「今夜のイベントは終わりよ」

明寿と冬子が、あずま通りを花道通りに向けて駆けて行ったようだ。野次馬が口笛を吹いている。乱闘など見慣れた客ばかりだ。

喧嘩が終わったとみて、歌舞伎町交番の制服警官がふたり、やってきた。

極道がらみの喧嘩、しかもこの街で最大勢力を誇る神野組の別館の前での乱闘とあって、地域課警官などは制止しようとは考えない。むしろ巻き込まれるのを嫌う。せいぜい新宿東署の暴力団係に連絡を入れただけだろう。ヤクザのことは組対刑事《マルボウ》に任せるという姿勢だ。

いずれ所轄のマルボウがやってくる。

その前に、始末しておかなければならないことがいろいろあった。

神野はのろのろと立ちあがり、トカレフを拾い上げた。

「姐さんは、どうなるんですか？」

二階から降りてきたデリ嬢が、心配そうにあずま通りを見やった。モニターを見ていたようだ。

「いい仕事をしている間は、殺されねえさ。ヤクザのイロなんだ。肚《はら》くって仕事をするだろうさ。それにあいつは、持っていかれることを計算に入れている」

心の中で神野は、景子に感謝した。

取り返したら、毛皮のコートではすみそうにない。オープンカーのひとつも買ってやらねばなるまい。

「これを元の場所へしまっておけ」

景子の子分であるデリ嬢にさりげなくトカレフを渡した。

「おいっ、いつまで寝てんだ。堅気が見てんぞ！」

打撲や骨折で動けなくなっている組員のひとりひとりの尻を、神野は蹴り上げた。

エレベーターが開き、三階の飲食店で働くボーイふたりがモップやブラシを持参してきた。ふたりは組員ではない。堅気だ。

「ここは自分らが片づけます。皆さんは早く上へ」

エレベーターの扉を開放したまま言っている。それぞれが助け合ってエレベーターに乗り込み、どうにか歩ける者は階段を使った。

神野と松本だけが残った。

ボーイが持っていたおしぼりで顔を拭いた。顔面に痛みが広がった。松本は、鼻や頬に付着した血を拭うたびに、小さく悲鳴をあげていた。

「地下に行くぞ」

「へいっ」

松本を従え、神野はSMクラブに降りた。

涌井は拷問部屋の傍らにあるベッドの上にいた。だが、寝息は聞こえず、眼は開いたままだった。口も開けている。

神野が脈をとった。すでに反応はなかった。熟睡中に襲われたのだ。一分もあればすんだだろう。女が中にはいったのは、おそらくここで働く女王のふりをしてのことだろう。眠っていたので、訳もなかったということだ。

「絞められたな」

唇を嚙んだ。

明寿のほうは見張り。当然、ヤクザが降りてくるのを予測していたということだ。

「どこのもんですかね？」

松本が、まだ痛む鼻梁の脇をさすりながら訊いてきた。

「ちょっとややこしい相手かもしれん。だが、なにがなんでも見つけ出して、叩き殺してやる」

神野は、そこで屈伸運動をした。ようやく股間の痛みが和らいできた。

「遺体の始末はどうします？」

松本が困った顔をした。

「俺が総長と話をつける。おめえは、五分以内に地下室の扉を換えておけ」

「はいっ」

松本が壁掛けのインターフォンで本部に残っているものに連絡した。神野組の息のかかった工務店や自動車修理工場は、歌舞伎町界隈に何店舗もある。

「三分で大工がやってきます。同じサイズの中古品を持ってくるそうです」

松本が電話を切った。

中古品とは、どこかのビルからすぐにはずしてくるということだ。

神野は頷き、スマホで黒井に電話した。

黒井はすぐに出た。

「すみません。涌井がやられました。新宿東署のマルボウさんに、臨場は三十分後ということにしてもらえませんか。はい、体裁を整えます」

「わかった」

ついでに襲ってきた男女が例の二人組であることを伝えた。

「なるほど。サイロの狩谷さんの読みが当たっていたらしいな。そいつらはやはり工作員だ。神野、これは極道対テロリストの特別軍事作戦になるぜ。お前から報告のあった三葉商事の波旗浩一《こういち》が首謀格だろう。そいつの行動パターンをサイロに追わせる。アジトが割り出せるかもしれん。そしたら総攻撃だ」

「へいっ」

神野は、睾丸を自分で揉みながら、六階に戻った。

幹部に招集をかけた。ついでに顧問弁護士も呼ぶ。

涌井の遺体に関する口裏合わせだ。店の前で行き倒れという体裁をとる。後は黒井が警視総監経由でまとめてくれるはずだ。

2

「あぁ、気持ちいいです」

香織は四つん這いになり、尻を高く掲げていた。真っ裸だ。

明寿の舌や指の動きはとてもぎこちなく、むしろそのせいで香織は翻弄されていた。

「奥さん、自分で尻を左右に広げろよ。俺だと片側しか開けない。アソコをばっちり見てみたい」

背中で明寿の声がする。明寿は右手は動かせないのだ。

「はいっ」

香織は、床に頰をくっつけたまま、両手を尻山に回して大きく左右に割った。尻が興奮して熱を帯びていた。

濡《ぬ》れそぼっているピンクの渓谷が、はっきり広がって、男の目の前に晒されていると思うと、より興奮してきた。

昨日の夕方、新橋駅前で攫われ、睡眠剤で眠らされたままここに連れてこられた。

窓のない部屋に閉じこめられているので、場所も時間も推測しようがなかった。運び込まれるとき、一瞬だが鉄とかゴムの臭いがした。ゴムの臭いはタイヤではないかとおもった。

目覚めたとたんに何かをスプレーされた。空気がふわっと掛かった感じだったが、それを鼻孔からすったとたんに、気持ちが急にリラックスした。さらに一時間ぐらいすると、多幸感に包まれた。

それから、ずいぶん長い間、放置されていた。

どんどんエロい気分になってきた。

ガス化した覚せい剤。

『ノースドロップ』ではないか。夫のノートパソコンにはその考察も隠されていた。ノースドロップとＳＡＤＭというふたつの武器で、ロシアは日本を破壊に導こうとしている。

そういう考察だった。

数時間前、一時期、壁の向こう側が騒がしかった。

乱暴な言葉遣いの女の声がかすかに聞こえたものだ。香織を攫ったあの背の高いハーフ顔の女とは異なる声だった。

最初は、怒鳴っていたが、その声が次第に、喘《あえ》ぎ声に変わったように思う。

幻覚だったのかもしれない。

けれども、その声を聞いて、香織は発情を覚えた。そんな気持ちになっている場合ではないと知りつつも、体中が疼《うず》いてしょうがなくなり出したのだ。

天蓋型エアコンから、なにかちょっと違った風が流れているようでもあった。無臭に近かったが、わずかに甘い香りがするのだ。

その風に当たっている間に、発情を超えて、淫乱な気分になり出した。自分の腕を触っただけで、乳首の尖端と股間の女の渓谷が同時に疼いたのだ。

自慰をしないわけにはいかなくなった。

白い壁を背に、香織は、白のブラウスのボタンを開け、ブラジャーの中から乳房を取り出した。乳首が腫れあがっていた。軽く摘まんだだけで、じっとしていられないほどの快感が駆けのぼってきた。

片手で乳首を摘まんだまま、もう一方の手でスカートを捲り、パンティをあわただしく足首から抜いた。女の沼はすでにとろ蜜まみれで、指が滑ってしょうがなかった。

何度も自身の指で絶頂を見た。

くたくたになっても、またすぐに快感に浸りたくなってしまう。オナニーという沼に嵌《は》まってしまったようだ。

何時間そうしていたのかわからない。

絶頂の波にさらわれて、しばらく呼吸を整えていたところに、明寿が入ってきた。

怪我でもしたらしく右の肩と腕がギブスで固定されていた。

「左腕を強くするために、リハビリが必要でな。脚を開け」

いきなりそういわれたのだ。

夫を攫い、殺した可能性も高い男に凌辱されるのは心外である。これ以上の屈辱はあるまい。

にもかかわらず、香織はごく自然に脚を広げてしまった。

抗《あらが》いようがない淫情に総身が包まれていたことと、もはや夫のことを考えてもしようがないだろうという諦観があった。

壁に背をつけたまま脚を開くと、明寿は腕立て伏せをするような体勢になり、花びらに舌を伸ばしてきた。左手だけを床に突き上半身を支えながら、舐めまわしはじめたのだ。

舌の動きは絶妙だった。まるで女の身体を舐めるために備わったような感触と動かしかただった。

それから、いろいろ身体の向きを変えさせられ、いまは四つん這いにさせられていた。明寿は、さまざまな体位で舐めたり触ったりする。

一時間以上も舐めまわされているが、まだ挿入はない。

香織には、それが焦れったかった。

もうひとつなかなか舐めてもらえないところがあった。

「お願いです。尖っているところを舐めてください」

ついには言葉に出した。もうクリトリスがパンク寸前まで腫れあがっているはずだ。

「スケベめ」

明寿に言われた。凌辱している男にスケベと蔑まれ、香織の顔は真っ赤になった。

すると明寿が扉のほうに声をかけた。言葉がわからなかった。英語ではない。巻き舌な言葉だった。おそらくロシア語だろう。香織はまったく解せなかった。

扉が開いて、冬子が入ってきた。真っ白な肌を黒のキャミソールで覆っている。

もうひとり女を連れていた。そっちは真っ裸だった。股間は濡れていた。

「あの女のクリトリスを舐めなよ」

冬子が女に命じている。

「えっ、男の棹《さお》ではないの？」

女は不満そうに言っている。

「明寿とあんたと、どっちが舌の使い方が上手なのか確認したいの」

冬子が裸の女を押した。

明寿が立ち上り、冬子のほうへ移動した。

「あんたは、どっちに挿し込みたいの？」

「並べてみてからだな」

「リュックはひとつよ」

「わかっている。俺が挿し込んだほうが、次の荷物がくるまで命が延びるってことだ」

ふたりはそんな会話をしていた。

香織には、なんとなくリュックの意味がわかりはじめていたが、もはやその意味を確認する気力もなかった。

いまは、情欲の赴《おもむ》くまま、宇宙まで飛ばされたい。

「あっ……」

わかった……覚せい剤は、核爆弾で吹き飛ばされる前の麻酔なのだ。

「さぁ、景子はさっさとその女のクリを舐めな！　プロなんだろう」

冬子が罵声をあげる。どうやら景子という女は娼婦《しょうふ》のようだ。

「割り増し料金になるけど」

景子が、四つん這いの香織の後ろに、並ぶように手を突いた。

ベロリ。予告なしに紅い尖《とが》りを下から上へと舐められた。それだけでも、身体が前に崩れてしまうほどの快感を味わったが、さらに唇でつままれた。窄《すぼ》めた唇で、チュッチュッとクリトリスが景子の口中へと吸い寄せられていく。

「あっ、あっ、あぁあああああああああ」

強烈な官能に、脳まで吹っ飛ばされそうになった。

景子は唇と舌を器用に動かし、まるで男根や乳首をしゃぶるときのように、陰核を攻め立てる。

「あ、はうぅぅ」

香織は狂乱させられた。いつまでもこうされていたいものだ。

だが、景子の舌が、ピタリとやんだ。香織は怪訝《けげん》に思い、振り返った。

景子の顔が蕩けていた。双眸が恍惚《こうこつ》の光を放っている。香織と同じように尻を高く掲げていたが、その中央に、明寿の太い肉杭が突き刺さっていた。

「俺、こっちのほうがいいや。極道の女は、やっぱり奉仕がうまい」

明寿が言いながら、がっつんがっつんとピストンをはじめた。

「ふんっ、うちの人に比べたら、弱い棹だわ」

景子という女は、明寿の極太棹に貫かれながらも、抵抗を続けていた。どこまで続くかわからない。だが、立派な女だと思った。

「ロシアンルーレット。商社マンの奥さんが嵌まったわね」

冬子が傍らにやってきて、香織の腕を掴んだ。

「えっ……なんですかロシアンルーレットって」

「セックスはナシってこと」

「そんな……」

「大丈夫、本当の絶頂を迎えるまで、私がたっぷり可愛がってあげる。おっといけない、ボスから電話だわ」

冬子がスマホを取り出した。誰かと話している。

その表情が曇った。

「えっ、涌井は路上で事故死ですって？　それはおかしいです。ええ、私は、ちゃんとSMクラブのベッドで絞めましたん。そのうえ、ビルの前で、わざと爆破を起こしたり大乱闘をしたりしたんですよ。警察はなぜ、ガサ入れかけなかったんでしょう！」

声を荒げていた。

電話の相手の声も甲高くなっている。微《かす》かに聞こえた。

『とにかく、新宿東署からは涌井の家にそう連絡が入っているんだ。立場上、わしもいまから警察に出向く。まったく想定外のことばかりだ。すでにクレムリンは『リオートX』の国営化を発表した。日本の商社は出ていけというサインだ。まったく早すぎる』

これは間違いなく、三葉商事の波旗部長であろう。香織は直感した。会ったことはないが、夫が残した記録と照らし合わせると想像がつく。

「それは任務を急げというサインです。クレムリンは並行してボスが社長になることを期待しているはずです。国際情勢なんて一日で変わりますよ。とりあえず日本と在日米軍に対して大きな魚雷を仕掛けておくということです」

ボスと呼んでいる相手に、冬子はまくし立てた。

『そんなことは、お前に言われなくてもわかっている。だが、あんなサインをだされたら、社内でわしの立場は微妙になる。官邸が開き直ったら、プロジェクトは終わる』

「チキンレースってそんなもんです。急げばいいだけです」

「すぐに船は用意するよ」

「……わかりました。こちらはもう準備できています。乗船する船と時刻さえ決めていただければ、いつでも魚雷を投げ込みます」

それで冬子は電話を切った。

その後もしばらくスマホを見ていた。カレンダーのようだ。

「メージュ。早く、抜いちゃってよ。いよいよカーニバルが始まるわ」

「わかった。そいつは楽しみだ。あっちでもこっちでもドカンドカンだ。ついでに俺もこの女の中でドカンだ」

明寿は、ラストスパートをかけるように、急速に腰を振り出した。

「なんか、あのヤクザたち気に入らないわね。どんな小細工を使ったのか知らないけど、警察ともつるんでいるのは間違いないわ」

「この女に訊いてみるか？」

明寿がさらに、景子の膣《ちつ》を強く突いた。

「情婦《イロ》じゃ、わからないわよ。監禁しているあのバイク男のほうをちょっと痛めつけてみるわ。どうせ来週は、スクラップにするんだけど」

冬子がそう言い、また香織の腕を摑んだ。引っ立てられた。

「んんんっ、全然感じないよ。棹がでっかいだけじゃ女はよくならないからね！」

景子はまだ毒づいていた。その眼は不敵に笑っているようでもある。

自分にもあれぐらいの強さがあったなら、と香織は羨ましく思った。

3

歌舞伎町の神野組本部。午前五時。

「松本、景子は青海《あおみ》だ。どうもここは船積み用のヤードらしいな」

神野はデスクトップの液晶に広がるマップを指さした。ひとつのポイントで点滅している。

『㈱ダイバー・カー・シティ』

マップにはそう記されている。かなり大きな敷地だ。航空写真に切り替えると、大量の車が並んでいた。

松本が首を傾げている。

「おやっさん、どうしてそこを……」

「GPSだ。景子の奥歯にはGPSが埋め込んである。攫った奴らは、尾行防止のためにいろいろ動き回ったようだが、二時間前からこの場所に落ち着いている。内川も、まだ生きていたら、この中にいるはずだ」

「わかりました。すぐに奪還してきます」

松本がいきり立った。

三十分前に闇医者がきて、松本の折れた鼻にプロテーゼを入れて修復していった。痛みはまだあるようだが、見た目は以前よりも精悍《せいかん》になっている。

ヤクザは喧嘩で顔が潰れるごとに、ハンサムになっていく。

「一個師団連れていけ。ただし、すぐに踏み込むな。景子は簡単に殺されはしない。あいつの身体を知ったら、たいがいの男はすぐには手放せなくなる。総長としっかり相談してから、一気にやる。まずはこのヤードの四方がどうなっているか、出入りの車を見張れ。怪しい車がいたら、その素性を調べろ。ここにはきっとなんか秘密がある。徹底的に見張れ」

神野組の一個師団とは三十名を指す。もちろんすべてが構成員ではない。傘下の暴走族や半グレ集団から、戦術に見合った者たちを臨機応変に徴兵するのだ。

「承知しました。すぐに人数集めて張り込みます」

松本が、胸を張って組長室を出て行った。

神野は、ひとりでパソコンを操作し『ダイバー・カー・シティ』を深掘りした。

組同士の抗争や、叩く相手が半グレ集団であれば、幹部を総動員するが、相手がロシア連邦保安庁《FSB》の工作員となれば別だった。

特にあの明寿という男は特殊戦闘部隊員スペツナズの隊員である可能性が高い。

そうであれば、サンボやグレイシー柔術などありとあらゆる格闘技を会得してるということだ。

より慎重な作戦が必要になる。

社名でも検索した。会社概要が掲載されていた。

中古車輸出およびスクラップ業とある。設立されたのは五年前だ。

おもな輸出先はロシア、ウクライナ、ジョージア、ベラルーシなど旧ソ連圏だ。

――なるほど。

と神野は眼を輝かせた。

社長名は星川恵令奈《ほしかわえれな》。一九七二年、東京生まれと記載されている。

主要株主欄に三葉地所と雷通《らいつう》データバンク。それに、星川自動車だ。

この株主構成は、そのままひとつの仮説に繋《つな》がっていく。

まず三葉地所は三葉商事と同じグループだ。三葉商事の影がはっきりと見えた。

そして大手広告代理店の雷通の子会社である雷通データバンク。

なぜ、中古車の輸出やスクラップをするための倉庫に情報産業が出資しているのか？

想像力をかき立てられる。

三葉商事と雷通のそれぞれの子会社が、旧ソ連圏への中古車販売を中心とする倉庫に出資している。

怪しすぎる話だ。

実際の運営をになっているのは星川自動車だ。

二十二年前に、このダイバー・カー・シティの社長である星川恵令奈が起こした会社だ。

神野はその会社のホームページに飛んだ。

二〇〇〇年の創業だ。

「なんだこりゃ？」

神野は、その創業地に視線を落とし、首を傾げた。

星川自動車が最初に創業したのは青森県むつ市だ。すぐにむつ市にジャンプする。

本州最北端の市とあった。

画面にはマサカリのような形をした地図が掲載されている。陸奥《むつ》湾と津軽海峡の双方に面している市だった。恐山《おそれざん》とか極楽浜という観光スポットがある。

だが神野は、もうひとつの記事に注目した。

この市に完成した『使用済み核燃料中間貯蔵施設』が、いよいよ事業開始の時期をむかえているということだ。

何か嫌な感じがした。

星川自動車のページに戻る。二〇一三年、神奈川県の座間《ざま》市に移転とある。この頃は、主に米国車の中古を買い取り、レストアして販売するという事業に転じていた。ヒップホップ好きの若者たちが好んで購入したらしい。

座間基地の兵隊が、自分がプライベートで乗っていた米国車を、帰国時に売却に来ていたようだ。

神野はこれらの情報をすべてプリントアウトし、黒井に電話した。すぐに会うべきだと思った。

「六時に明治神宮の本殿前集合だ。ポロシャツにチノパンぐらいでこい」

黒井があっさり承知した。

一時間後。

「間違いなく、ここはロシア連邦保安庁《FSB》の拠点だな。たぶん内調《サイロ》や公安《ハム》も眼をつけていることだろう」

プリントにざっと目を通した黒井が言った。縦縞のボタンダウンシャツにネイビーブルーのチノパン姿。散歩の好きな中年といった感じだった。

本殿への参拝は済ませていた。

清涼な朝の空気が吹き抜ける境内の中を歩きながら話した。開門直後でまだ参拝客は少ない。左右は緑の樹々が高くそびえたっている。

森閑としているので、尾行者がいれば気配でわかる。

「だったら、なんで狩谷さんは、内川や景子が連れ込まれたのを教えてくれないんですかね」

神野は小枝を踏みながら愚痴った。

「教えることが、俺たちの真の任務を相手に気づかせることになるからさ。涌井を路上に放り出し事故死扱いにしただけでも、リスクがあった。おそらく敵は、神野組に対して単純な暴力団ではないという疑いを持つはずだ」

「すみません。俺がうちのビルに運び込ませたのが失敗でした。車で引きずり回し、白状したところで、路に捨てちまえばよかったんです」

神野は頭を下げた。

「いや、SMクラブに入れたのは正解だ。相手も涌井の動きを張っていたということさ。連れまわしていたところで、結果は同じだ」

「それで、総長、どう手を打ちますか?」

「暴れろ。俺たちは、公然組織じゃない。後先《あとさき》のことや世間体なんかどうでもいい。そのヤード、叩き壊せ。ヤクザが情婦《イロ》を攫われたんだ、そのけじめはきっちり取らないとならんだろう。倉庫も保管している車も爆破しちまえ。お前の仕事はそれだ」

「へいっ」

神野は声を張った。

「なにか、やばい物がかくされているんだろう。むつで何をしていたのかも気になる。座間では、米兵から情報を漁《あさ》っていたのだろう。星川恵令奈という女については、俺がなんとか聞き出してくる。そっちは気にするな」

「わかりました。いまから、やり方を組み立てます。日が暮れたら、一気にやりますよ」

「しっかりやれ」

そういう黒井のスマホがバイブしたようだ。

「はい。こっちも霞が関へ伺おうと思っていたところですよ」

相手は内閣情報調査室の狩谷のようだ。

「……そうですか。それは伏せ情報ですね」

何か重要なことを伝えられているようだ。黒井の眉間にしわが寄っている。伏せとはマスコミ発表しないということだ。

「その件は、神野には伝えておきます。で、あっしはいまからそっちへ行きます。それまでにむつ市にあった星川自動車についての情報は、しっかり出してもらえませんか。ええ、わかりました。そこへ行かれて困るのではあれば、また羽田沖で待ちます」

黒井が電話を切った。

「三陸沖で遺体が上がった。鎖に巻かれていたそうだがスーツの内側にＴ・ＭＯＴ

OHASHIとネームが入っていたそうだ」

「それは本橋ですね。しかし工作員の仕事にしては、繊細さが足りないですね。普通、身元がわかりそうなものは、脱がして捨てるでしょう」

「そこだよ。やつらは、自分たちもわかるように札をつけていたのではないか。それが狩谷さんの見解だ」

「それはまたどうしてですか?」

「そこがわからない。だからすぐに発表しない。マスコミにも伏せをかけた。警察庁としても、その情報がどこから流れるか、追跡をかけたいらしい」

黒井が常緑樹の隙間からこぼれてくる陽光に眼を細めながら続けた。

「警察内の中の者かマスコミ関係か……工作機関なら発表していない事案でも探り出せる情報網を持っているからな」

その言葉に、神野は大きく頷いた。

雷通だ。

大手広告代理店なら、いくらでもメディアの中に内通者を持っていることだろう。新聞社や通信社、あるいはテレビ局などに情報提供者を育て上げるよりも、雷通を押さえていたほうが、手っ取り早いというものだ。

「亜由美って女もじきに上がりますかね」

神野は唇を噛んだ。歌舞伎町の女を護れなかったのは、痛恨の極みだ。

「おそらくな。だが、遺体《ホトケ》が出るまで諦めるな。とにかく青海の拠点を潰してしまえ」

そこで黒井と別れた。

黒井は原宿《はらじゅく》側へ、神野は小田急線参宮橋《さんぐうばし》方面へ続く参道へと別々に向かった。

第六章　ロシアンルーレット

1

藍色の空に、星が散らばっていた。

午前四時。歌舞伎町で遊んでいるような連中でも一度は睡魔に襲われる時刻だ。

そこが付け目だ。

神野組の特攻隊三十名は『ダイバー・カー・シティ』の周囲に忍び寄っていた。

いまは通りを隔てた茂みの中にいる。

全員、機動隊のような特攻服にシールド付きのヘルメットを被《かぶ》っていた。警視庁の機動隊員の制服は濃紺だが、神野組は黒にしている。

文字通り黒子に徹するという意味を込めていた。神野は胸に鉈《なた》を一本仕込んでいた。明寿には、匕首《あいくち》ではなく銃でケリをつけたかった。

埠頭《ふとう》のパーキングエリアにエルグランド五台を待機させてあった。待機車のドライバーはいずれも暴走族上がり。腕に覚えのある連中をそろえている。他にサポート要員が乗っていた。

「警報システムを切れ」

神野はインカムを通じて命じた。

待機しているエルグランドの中にＩＴ担当がいる。組員ではない。元警備会社の社員だ。闇カジノで負けが込んでいたことに付け込み契約社員にした。警報システム解除のプロである。

「解除しました」

返事があった。

「サンキュー」

これで気がねなく暴れられる。

ヤードは三方を金網で囲まれていた。その敷地に百台ほどの車が並んでいる。真横に事務所兼修理工場と思われる二階建てのオフィス棟が立っている。景子のＧＰＳがそこから電波を出していた。

さぁ、祭りだ。

「松本、A班を進めろ」

戦闘開始を告げた。

「はい。シュンイチ、しっかり導火線をつくってこい」

「へいっ」

松本に命じられたシュンイチ以下八人の先遣隊《せんけんたい》が、闇に紛れて金網へと向かった。

全員ペットボトルが何本も入ったリュックを背負っている。

神野は暗視カメラで、様子を窺った。

八人が一斉にペンチで金網を切った。警報機が鳴らないことを確認して一気に忍びこむ。

八人は居並ぶ車の中へと溶け込んでいった。

物音ひとつ立てていない。

未明特有の冷気に混じって油の臭いが漂ってきた。

暗視カメラのモニターの中で、黒い影が一台一台の車の下にペットボトルの中身を振りまいている姿が映った。ガソリンだ。ボディへではなく、シャーシの下に撒《ま》く。効果を倍増させるためだ。

ひとりが十本撒いて八十台。

「臭いが充満しはじめた。戻れ」

松本が命じた。

何かのはずみで火花が起こると、八人全員が、爆死することになる。

八つの影が、素早く金網から抜け出てきた。

通りを渡って、神野たちの元へと帰還する。

「ご苦労」

神野は言って立ち上がった。組員たちは地面に片膝をつき、固唾《かたず》を飲んで見守っていた。

「なら、祭りの開始だ」

神野はベルトに挿していたダイナマイトを一本抜いた。着火スイッチを押し、ヤードに向かって懸命に放った。槍《やり》投げの選手になった気分だ。

ダイナマイトが着地した音がする。

3・2……。

胸底でカウントする。

轟音《ごうおん》が鳴り響き、ヤードのやや手前の位置から、黄色とオレンジ色の混じった炎が上がった。続いて黒煙が上がり出す。ダイナマイトの落下した辺りにあったセダンのボンネットやバンパーが飛び散った。

それを見た瞬間、ヤード全体が炎の海に包まれた。ガソリンに引火したのだ。あっという間に火の手が延びた。ガソリンそのものが爆薬のようなものだ。

「まだだ、まだだぞ」

いまにも飛び出しそう手下たちを神野は窘《たしな》めた。

五秒後。

ヤードの中央で、一台のセダンが星空に舞い上がった。二台、三台と飛び上がる。

連鎖爆破だ。

どの車のタンクにも少量のガソリンは入っている。いまどきの車は、拳銃で撃たれたぐらいでは爆発などしないが、肚《はら》の下でガソリンを焚《た》かれたら、タンクが破裂する。

八十台の車が、一斉に内部爆発を起こし飛び跳ねている光景は壮観だった。

オフィス棟の二階の奥部屋の窓が開き、数人が顔を出している。その中に、冬子の顔があった。抜けるような白い肌の持ち主だが、いまはその顔もオレンジ色に染まっていて、恐怖に引きつっているように見える。

ほとんどの車が飛び上がりバラバラになるのを見届けたところで、神野は手を挙げた。

「行くぞ！」

自らが率先して駆けだした。通りを渡りながら、ダイナマイトをもう一本、引き抜き、正面の鉄扉に向かって投げた。

5・4・3・2……。

ドカン！

見事に扉が破壊された。最高の気分だ。

この国は面白い。マシンガンや手榴弾《しゅりゅうだん》は所持できないが、ダイナマイトや炸薬《さくやく》は誰でも普通に買えるのだ。

部下たちも合法的な武器を手にしている。

A班がまず打ち壊し用の大型ハンマーとマサカリ。これで扉と壁をぶち壊して、空間を広げていく。相手の逃げ場を無くすのだ。トイレの囲いも割ってしまう。A班は常に先頭を進む。

B班十五名は対人戦闘員だ。金属バットや鉄パイプを手首に紐《ひも》で括《くく》り付け、接近戦に備えての匕首もベルトに挟んでいる。C班五名は、武器補給隊だ。大型キャリーバッグをそれぞれが二個ずつ引いている。

この中には、特殊警棒、エアーネイルガン、ガスバーナー、灯油入りペットボトルなどが詰め込まれている。ガソリンではない。今度は灯油だ。

オフィス棟の前まで進んだ。

真横は火の海。熱気とタイヤの燃えるゴム臭さが充満している。

「いいか、相手は拳銃も持っているがビビるな。さほど人数はいないはずだ。とにかく先手だ。どこもかしこも叩き壊してしまえ」

神野は特殊警棒を手に大声を張り上げた。

A班が三人がかりで、オフィス棟の正面玄関のシャッターをマサカリで叩き割った。C班のひとりが気を利かせて、キャリーケースの中からスピーカーを取り出し、スマホにつないだ。

効果音『スタジアムの歓声』を鳴らす。

子供だましのようであるが、案外これが効果がある。

打ち壊しの音を隠す効き目もあるが、棟の中にいる者たちにこちらが大勢だと錯覚も与えられる。戦国武将の発想だ。

シャッターが剝がれ落ちた。狭いオフィスだった。

Ａ班八人が躍り込んだ。大型ハンマーを持ったまま二階に通じる階段を上がっていく。

「おい、どんどん灯油を撒け。俺らは警察じゃないんだ。証拠収集なんていらねぇ。奴らの重要拠点を潰して、あの男と女を処理してしまえばいいんだ」

神野はＣ班に顎をしゃくった。

その間もＡ班の数人は三方の壁を割り始めている。案の定、壁の中にさまざまな通信機器が隠されていた。諜報《ちょうほう》活動のための道具だ。天井裏からは、大量の注射器やロシア製化学薬品が落ちてきた。ある種の化学兵器だ。

五人がさっそく灯油を撒き始めた。

床、スチールデスク、抽斗《ひきだし》の鍵はすべて叩き割り、中身にも灯油を注いでいく。デスクの上のパソコンにもたっぷりかける。

「おやっさん、いいんですか？　内川はともかく姐さんは先に探し出したほうがよくねぇですか。一緒に燃やしちまうわけにもいかないでしょう」

松本が慌てた様子で言う。

「要らんことは考えるな。俺の情婦《イロ》よりも、ここを潰すことが先決だ」

神野は切って捨てた。

私事よりも大義を優先しないと、極道の親分は務まらない。景子は、自分ひとりで救い出すつもりだ。

「こっちは、修理工場っす」

壁の一角を打ち壊していたひとりが叫んだ。

神野と松本で飛び込んだ。

「内川！」

松本が叫んだ。

車体を持ち上げるリフトの真上、天井からチェーンで吊《つ》り下げられた内川がいた。全裸に剝かれ、両手両足にもチェーンが巻き付いている。男根だけは出されていた。怒張している。体中のあちこちが擦《す》り剝《む》け、血が滲《にじ》んでいる。

「ドジ踏んですみません！」

内川が全身を揺すった。

B班の若者が数人入ってきて、チェーンを操作し下ろした。

「どうでもいいけど、いつからお前ドMになったんだ？」

神野はリフトのプラットフォームにおろされた内川の剛直を指さした。バンバンに硬直して筋までたっている。

そっちの趣味がない神野は顔を顰《しか》めた。

「いやっ、これはっすね。たったいままで、女ふたりにしゃぶられっぱなしだったんですよ。もう苦しくて、苦しくて……射精地獄でした」

内川が掠《かす》れた声をあげる。

一見《いっけん》、羨ましいような話だが、それは違う。射精してもなおかつ陰茎をいたぶられ、さらに絞り取られ続けるのは、男にとって苦痛以外の何物でもない。神野も駆け出しの暴走族だった頃、そのリンチを食らったことがある。ED治療薬を何錠も飲まされ、敵のレディース隊の発情女たちに、三日三晩、腰を振られ続けたことがある。

干からびて死ぬのではないかと思った。内川には心底同情する。

「とにかく早く水を飲ませてやれ」

若手に命じる。

二階で怒声が聞こえた。敵も応戦に出てきたようだ。自分も早く向かわねばならない。

「で、その女って、髪の色がシルバーアッシュの女か？」

「はい、ひとりはそうです。もうひとり四十路《よそじ》ぐらいの女がいました。拉致られた女のようです」

内川はチェーンを解かれながら言っている。

──四十路。

景子でもキャバ嬢の亜由美でもなさそうだ。

「水飲んだら、お前も闘え！」

そう言い残し、神野は二階に向かった。

暴れたくて暴れたくてしょうがなかった。

2

神野が階段を上り切ったところで、銃声が轟いた。

長い通路があり、その横に扉が四枚等間隔に並んでいた。

「おやっさんが上がってくるの待ってました。一番奥の扉ですよ。カラシニコフ系のピストルで発砲してきます。旧式のトカレフよりはましですが、ちょろいです」

松本が胸を叩いて笑っていた。

A班の数人は作業を止めて階段を降りはじめている。代わってB班の半分が神野と松本の背後に構えていた。

「拳銃なんか怖くねえんだけどな」

神野も言い返した。

黒の特攻服の下には防弾ベストを装着している。脚にも防弾サポーターを巻いていた。顔も硬化ガラスのシールドで覆われている。

見ようによってはほとんどロボットだ。

「ええ、このまま打ち壊しを続けてもよかったんですが、それでは、おやっさんが来る前に、奴らが窓から逃げることもあったもんで。いまAB混成班で、窓の下を固めます」

「なるほど。飛び降りたら、大型ハンマーで叩き潰すってか」

「そういうことで」

「なら、そろそろ行くか」

神野は先頭を切った。後方からあれこれ指示する年寄り臭い親分にはまだなりたくなかった。

メットのシールドを下ろし、一気に通路を走った。

最奥の扉が開いて、スキンヘッドの男が拳銃を突き出してきた。蒼《あお》い眸《ひとみ》に白い肌。

彫りの深い顔。寝ていたのだろうか、真っ赤なジャージに裸足《はだし》だった。

距離三メートル。

「撃てや、こら！」

神野は特殊警棒を振った。

尖端が伸び八十センチになる。そのまま前進する。

スキンヘッドは明らかに動揺したが、しっかりトリガーを弾いた。オレンジ色の銃口炎《マズルフラッシュ》が上がり、胸に衝撃があった。心臓は外していたが、かなり狙いは正確だった。

だが弾丸は、防弾ベストに吸収されている。戦闘服の破れ目から白煙が上がっているだけだ。弾丸は小粒のようだ。

「おまえら、ただのヤクザじゃないな！」

スキンヘッドが目を剝《む》いた。中から拳銃を持った男がもうひとり出てきた。同じ色のジャージに裸足だが、ふさふさとした金髪だった。

「NATOの傭兵《ようへい》だ」

神野は言って、前進した。相手もふたりがかりで発砲してきたが、神野は顔面だけを下げて、相手の腹部目がけて突っ込んだ。ヘルメットの頭頂部がスキンヘッドの腹部にめり込んだ。

「ぐえっ」

そのまま、室内に押し込んだ。

想像していたよりも広い部屋だった。

松本も金髪の膝下にタックルを決めていた。金髪男は背中から落ちた。

神野はスキンヘッドの頭に特殊警棒を振り下ろした。

「てめぇなんかは、死にやがれ！」

スイカが割れるようにぱっくりと頭が開き、血しぶきがあがる。スキンヘッド男は、そのまま昏倒《こんとう》した。

松本は、そっくり返った金髪男の股間に、金的蹴りを打っている。踵《かかと》を何度も玉袋に落としていた。

金髪男は腹を抱えて気絶した。

「あんた！」

部屋の奥で景子の声がした。

見やると、景子は真っ裸で四つん這いにされている。その背後から明寿が男根を抜き差ししていた。蕩《とろ》けるような眼をしている。右肩にギブスがしてあった。

明寿の横にアロハシャツにホワイトジーンズの冬子が立っていた。

景子と同じように裸にした女を抱え、その脇腹にナイフを突き立てていた。刃渡り三十センチはあるナイフだ。内川がいった四十路の女とは、この女のことだろう。

「私は三葉商事の本橋の妻、香織です。ずっと隣の部屋に閉じ込められていました」

脅されているというのに、女は眼を輝かせながら言っている。

明寿の眼と似ていた。

キメセクをしていたに違いない。それならばいくらでも男の棹を舐めていられるはずだ。

「近寄らないで、来たらこの女を刺し殺すわよ」

冬子がナイフを僅かに押した。

「そんな女、刺すなら刺せよ。知らねぇんだから。俺はあんたさえ殺せたらいい」

神野は嘯《うそぶ》いた。

人質を解放せよとは命じられていない。

さすがに、冬子の氷のような眸も泳いだ。

この間にも明寿はせっせと腰を動かしていた。セックスがやめられなくなっているようだ。

「気持ちいいだろう？」

神野は一呼吸入れるように訊いた。

「あぁ、気持ち良すぎて、抜けねぇんだ」

明寿が薄笑いを浮かべた。

「景子に嵌まったな。だけど俺もなんだ。返してもらうぜ」

特殊警棒を左右に振りながらいう。余裕のある態度を示しながら、神野は冬子と明寿を見比べていた。

松本はいつでも攻撃できるようにネイルガンを取り出していた。接近戦では役に立つ。

「お前、返してほしけりゃ腕ずくで来いよ。女は強いほうにつくもんだ」

明寿が首を回しながら言っている。

「あんたぁ……私は、全然よくないから……んんんんっ」

景子が、切なげな声をあげている。おそらくは蕩けるような快感に包まれているはずだが、懸命に否定しているのがいじらしい。

他の部屋で、壁や柱を壊している音や、罵声が聞こえてきた。ロシア工作機関のアジトとはいえ、ここは兵営ではない。常駐しているのは、数人だろう。

スパイは焼死すればいい。

それよりも、ここにある諜報アジトとしてのインフラを破壊してしまうことだ。

総長の黒井が叩き潰してしまえといったのを、神野はそう理解していた。

こいつらがどんな機密を握ったかなど、いまさら知っても大した意味はない。どうせもうモスクワに渡ってしまっているのだ。要は今後の作業を困難にする方が重要である。

神野はフェイントをかけることにした。

「だったら、腕ずくで取りにいくさ」

一歩、明寿に向かって踏み込む。

明寿がいきなり景子を尻ごと持ち上げた。肉はつなげたままだ。体位で言えば仏壇返し。ただ右腕は使えていない。

「いやぁあああ」

「景子、締めろ！」

と言いつつ、神野は明寿のほうを向いたまま、特殊警棒を冬子の横顔にふるった。

「うわっ」

不意を突かれた冬子の顔が歪み、身体ごと真横に飛んだ。

ナイフが落ちた。神野は床に転がりナイフを蹴った。廊下に飛んでいく。冬子は部屋を飛び出そうとした。その足に、松本がネイルガンを打った。

「あぁっ」

ホワイトジーンズのふくらはぎ部分に釘《くぎ》が刺さっていく。足がふらついた。さらに背中にもバリバリと釘を打っていく。皮膚と筋肉を貫通しているので、激痛が走っているはずだ。

「冬《ジマ》！」

明寿が叫んだ。冬子は床に崩れながらも、廊下に向かって這っていた。

「松本、この男の顔をフランケンにしちまえ」

神野は明寿と景子のほうへと回転しながら命じた。懐から鉈を抜く。

「はい！」

松本が明寿の顔にジグザグの釘を打つ。

「いい感じだぜ！ 俺にはこんなもん、全然効かねぇから」

頰骨に釘が刺さり、血が流れ出しているのに、明寿は不敵に笑っている。それどころか、景子との肉交を解こうとしない。

「そうかい。でも、やっぱりこいつは俺の女だから、返して欲しいんだよな」

神野は、明寿の左側に、すっと立ち上がり、肘窩《ちゅうか》に鉈を叩き込んだ。

薪を割るような感じだ。さすがに松本も息を呑んでいやがる。

「んっ?」

明寿は、何が起こったのかわからないという顔だ。痛覚をうしなってるので、身動きもしなかった。薪と同じだ。

神野は、鉈をさらにガツンガツンと何度も振り落とした。骨が砕けた。

「ひっ」

壁に背をつけて座っている商社マンの妻が声を上げた。こっちのほうはクスリが醒めてきたらしく、神野の振るうバイオレンスに青ざめている。

「えええええい。ヤクザのイロに手を出したんだ。エンコ詰めろや!」

怒鳴りながら、最後の一打を叩き込んだ。スパッと前腕が床に落ちた。指では気が済まなかった。腕一本。少しは恰好がついた。

「えっ、あっ」

景子が、不思議そうな顔をして前のめりになった。押さえがなくなったのだ。

スポンと肉槍も抜けた。

「景子、ケジメは獲った。下に行け！　ヤードの外に出ろ」

「あんたぁ」

真っ裸のまま抱きついて来ようとしている。涙顔だ。

「うるせぇ。感じてたくせに、女房ヅラするんじゃねぇ」

怒鳴り飛ばした。

景子は真顔になって、廊下に飛び出した。

「うぉおおおおおおおっ」

明寿が獣のように咆哮《ほうこう》し、突進してきた。腕を切られた痛みは感じていないが、セックスの相手を奪われたことに、激怒しているようだ。

右肩が折れ、左前腕を失っているので、頭を突き出して突進してきた。怒れる牛だ。

神野は身を躱《かわ》した。

明寿の頭が窓ガラスを叩き割った。

「なんだこりゃ」

小さく叫んで、明寿の身体が、燃え盛る車のほうへと、そのまま飛んでいく。

「おいっ、そいつは深追いするな！　どうせ爆死する」

神野は下にいる部下に叫んだ。

廊下に出ると、粉塵《ふんじん》の中で景子が半狂乱になって冬子の腹を蹴り上げていた。

「やい、このくそ女が、ぶっ殺してやる」

体中に釘を打たれ、血を流しながら蹴りまくられている冬子は、息も絶え絶えになっていた。

神野は景子の腹に手を回し、引き剝がした。

「とどめは俺が刺しておく。お前は下に行けっ」

強い口調でいい、あたりにいるB班の手下に連行させた。情婦にコロシをさせる気はない。

動きが止まっている冬子に、笑いかけた。

「ヤクザにやられるなんて最低な死に方ね」

声がか細くなっていた。

「どこで訓練した？」

顎を摑んで訊いた。

「私は日本から出たことないよ」

「ハーフだろ？」

「この顔みればわかるでしょう。でも日本生まれだよ」

「東北の出だろう?」

神野は、アロハのボタンをはずし、ブラジャーのホックも外した。

「なにすんのさ」

冬子が身体を捻った。

神野は構わず、乳房を取り出し、乳首を摘まんだ。

「んんんっ」

「答えろよ。東北だろう。どこだ?」

意識が遠のきそうな女には、性的刺激を与えて覚醒させる。ちょっとした延命工作だ。

「何でそう思う?」

「俺も青森だからな。ちょっとしたイントネーションでわかる」

言うと冬子の眼が光った。ブラフだ。このヤードの経営者、星川恵令奈が最初にむつ市で商売を始めたことから思い至ったわけだ。

「やっぱり、あんた星川さんだろ」

今度は冬子の眼が確実に泳いだ。間違いない。この女は星川恵令奈の娘だ。

「……もともと北海道と東北はロシアのものになるはずだったのよ。なのにアメリカが全部とっちゃった……取られたら取り返すでしょう」

冬子は眼を閉じた。呼吸が浅くなり始めている。神野は冬子のジーンズのベルトを緩めた。ファスナーを開け、そこから手をこじ入れた。白いショーツを穿《は》いていた。上縁から指を入れ、手首まで突っ込んだ。ふさふさとした陰毛に触れ、すぐに人差し指が肉丘に到達した。筋を割り広げて狭間《はざま》を擦る。ぬるぬるしていた。

「あっ……」

冬子の眼が再び開いた。

「何をしようとしていた」

クリトリスを執拗《しつよう》に擦りたてながら、尋問した。

「はふっ、あっ……なんで、あんたなんかに触られているのかしら」

「それが運命だと思え」

神野は親指で陰核を押し、人差し指と中指を蜜穴に挿入した。

「ぁああん。んんはっ」

冬子の鼻息が荒くなった。肩で息をし始める。腰もくねらせた。絶頂に向かいだしているのは確かだ。

「ロシアは何を仕掛けた？」

一瞬指を止めて聞く。

冬子が自分から腰を揺すった。神野は陰毛の上まで指を撤退させた。

「いやっ、あっ」

快楽の喪失感に、眼を細めている。

「聞かせてくれたら、てっぺんまで扱いてやる」

指をほんのわずかに、女陰の合わせ目に運ぶ。真下に尖り切ったクリトリスがある。

「ロシアンルーレット……」

譫言《うわごと》のように言う。

「どういう意味だ？」

人差し指を花弁の上で遊ばせる。じれったいはずだ。徐々に秘孔に近づけていく。

「ＳＡＤＭをバラまいた。日本近海にすでに三個は沈めているわ。早く、指を……」

「ＳＡＤＭ？」

神野は首を傾げた。

「それは、特殊核爆破資材の略だと思います」

すぐ近くで別な女の声がした。本橋香織だった。彼女も、廊下を這って来ていた。真っ裸のままだ。

「核？」

ずるっと指を押し込みながら、香織の顔を見た。癖で指は出し入れした。親指で陰核も強く押す。

「うわぁああああぁあああああ、いぐ、いぐっ」

冬子が腰をヒクつかせながら、自分で乳房を鷲摑みにした。極限に達したようだ。

「通称、スーツケース爆弾。夫はその秘密を知ったのです」

香織が眉間に皺《しわ》を寄せて言う。四つん這いのため、乳房が垂れ下がっていた。乳首は勃起していた。

「おいっ、それはどこにあるんだ？」

神野は冬子に向かって怒鳴った。

「……もうわかんないわよ。海底だし。どこに流れたかわからないわ。日本国内にも持ち込む予定。いや、もういくつかあるのかもしれない。核弾頭はアメリカのW54と同じタイプ。メージュがパスワードを打ち込んだら、どこかでドカンよ……まもなく新たににリュックが届いて、うちらがいろんな人に背負わせる予定だった……」

「狂ったあいつは、もうやけくでそのパスワードを打ち込むんじゃないか？」

「まず専用のタブレットを取りに行くと思う」

「それはどこにある？」

「教えないわよ。だって、私はもう死んじゃうんだもの。みなさん、数時間後か、数日後か知らないけれど、すぐに天国で会えると思うわよ。そしたらまたバトルしようね。次は負けないから」

冬子が眼を閉じ、がくっと横を向いた。

顔を近づけると息絶えていた。

外で轟音と怒声が上がった。大きな爆発が起こったようだ。もはや長居は無用だ。

神野は香織の肩を叩き顎をしゃくった。

「行くぜ」

手がかりはこの人妻だけだ。

全裸の香織は恥ずかしがった。陰毛をもう一方の手で隠している。神野はその手をどけて、秘孔に指を差しいれた。すっかり濡れていた。

「奥さん、気取っている場合じゃない。日本が消えるかもしれないんだ」

肉層をこねくり回しながら、階下に向かった。

「夫のノートパソコンを東日テレビに置いてあります。その中に、バラまかれたSADMの場所を探す方法がありました。夫が英国のエージェントから教わったコードです」

香織が陰毛を手で押さえながらついて来た。

「先に服を用意しないとな」

香織の顔が真っ赤に染まった。

手下たちも、引き上げさせた。

棟の外に出ると、もはやほとんどの車が焼け焦げていた。砲撃を受けた街のように、瓦礫《がれき》が飛び散り、あちこちでまだ小さな炎と白煙が上がっている。

と、屍《しかばね》となった車両群の中央から一台のビッグスクーターが跳ね上がった。天に駆け上がる白馬のような勢いだ。数台の車のルーフを踏みながら、ゲートのほうへと逃げていく。

明寿が跨《またが》っていた。ライダースーツを着ていた。スクーターは右手だけで操っているようだ。

「ミニトラックの中にスクーターが入っていたようです。悪運の強い奴ですが、くたばらせましょう」

松本が、灯油の入ったペットボトルのキャップを外し、明寿の背中に向かって投げた。灯油は荷台に当たり飛び散った。あちこちに残っている炎が飛び火する。だが、明寿は炎を背負ったまま、道路へと出て行った。台場のほうへ向かっている。

「ちっ」

神野は舌打ちした。

左右に真っ裸のままの景子と香織がたっていた。空は白み始めている。

「棟に火をつけろ！」

松本に命じ、神野はゆっくり正面ゲートに向かって歩いた。全裸の女ふたりを連れてだ。

迎えのエルグランドが到着し、乗り込んだところで、棟の窓から一気に火が噴いた。

私有地内でのことだ。周囲に類焼する建物はなかった。

——でっけえ焚火だ。

神野は、そう胸底で呟き、青海を後にした。

とにかく、明寿を捕まえねばなるまい。総長に頼み、都内の防犯カメラをフルチェックしてもらうしかない。

3

午前九時。

波旗小百合《さゆり》は、いつものように荻窪《おぎくぼ》の家を出た。珍しく父親が大学まで車で送ってくれるという。

「東日テレビの内定がとれてよかったな」

トヨタクラウンのステアリングを握っている父が満足そうに笑う。青梅《おうめ》街道は相変わらず大渋滞だ。

「でも、希望の報道局に入れるかはまだわからないわ。制作局のバラエティ班なんかに配属されたら、いやだな。女性ディレクターは面倒くさい芸能人の担当にさせられることが多いって」

小百合は口を尖らせた。

大学のある三田までは、まだ相当時間がかかりそうだ。

今日は特別講義『国際報道の現場』だ。

現役のテレビ局のプロデューサーが実践的なことを語る講座で、マスコミ内定者としてははずせない講義だ。抽選でとれたので、何が何でも受講したい。

十一時からなので、充分間に合う。

とはいえ、これから海外出張のために羽田空港に向かうという父が、わざわざ三田まで送ってくれるとは、どういう風の吹き回しだろう。小百合はなんだかくすぐったかった。

「いや、きっと報道局になるさ。そう念ずることさ。お父さんはずっとその信念でやってきた。報道局で海外支局で働くことが小百合の希望だったら、そうなるべく強く願うことだ」

今朝は妙に熱い。

父の出張先はノルウェーのオスロだ。

カムチャツカ半島でロシアと共同で運用していたLNGプロジェクト『リオートX』が、ロシア側が一方的に国営化してしまったために、父は別な生産国と交渉しなければならなくなったそうだ。それがノルウェーらしい。

「ねぇ、東日テレビ入社の件、お父さんが雷通のお友達に頼んで裏から手を回してくれたんでしょう。コネ入りだってわかっているけど、ありがたいわ。ありがとう」

内定の報せを受けてから、ずっと思っていたことだ。

面接のときから、自分が優遇されていることには感づいていた。ただ自分はそんなことに反発するほど純粋ではない。

親のコネは、生かせるだけ生かすべきだ。

「そんなことはあり得ないさ。入社試験はそんなに甘くない。うちの会社だって、いまはコネ入社なんてありえない」

父は笑った。

小百合も笑った。

この父親のポーカーフェイスを二十一年も見てきている。ありえない、といったときはたいていありえるのだ。

新宿を越えると、流れが一気によくなった。徐々に都心へと入っていく。

「それにしてもお父さん、久しぶりの出張だよね」

外苑《がいえん》西通りを走りながら何気なく訊いた。

小百合が小学校低学年の頃までは、世界中を飛び回っていた父だが、七年前に部長に昇進してからは、出張は部下にまかせるようになったのだ。そのぶん、霞が関の官僚や外国大使館の幹部らとの会食が増え、家にいる時間は相変わらず少なかったが。

今年五十七歳になる父は、仕事のことしか考えない男だ。結婚も遅く、小百合が生まれたとき、父は三十六歳だった。

「今回は、たぶん長くなる。交渉がまとまるまでいるつもりだ。ひと月以上かかるかもしれない。母さんをよろしくな」

珍しく殊勝なことまで言っている。

「じゃぁ、このクラウンも羽田に駐めっぱなしになるの？」

「そういうことだ。母さんと小百合は、運転しないんだからいいだろう」

父の会社は、羽田空港に入館手続き専用のオフィスを持っている。そこに十台分の駐車スペースがあり、個人所有の車も駐車できることになっている。父の立場になると、一か月ぐらいは平気だというからたいしたもんだ。

三田に到着した。

「じゃぁ、お父さん、行ってらっしゃい」

正門の前で降ろしてもらった。

すぐ後ろに大型スクーターが止まった。巨漢の男だが、左の袖がゆらゆらしていた。なんとなくクラウンのナンバープレートを覗いている感じだ。

「小百合も、報道部に行けるようにしっかり勉強することだな」

父は軽く手を振り、クラウンを発進させた。スクーターもついて行った。妙な感じだが、気にしても始まらないと思った。

校門をくぐると、見慣れぬ中年女性に声をかけられた。教授か？

「波旗部長のお嬢さんですね。いまお父様と一緒のところを見ていたわ」

「えっ？」

驚いていると、中年女性が名刺を差し出してきた。

【東日テレビ『ザ・ナイト』プロデューサー　倉林星来】

今日の特別講師だ。

「失礼しました。波旗小百合です。父をご存じなのですか？」

小百合は、緊張しながら答えた。

「ええ、波旗さんとはロシア大使館のパーティで何度も会っています。そこで波旗さんにずいぶんお世話になっています。日本のマスコミとはなかなか接点を持ちたがらないモスクワ経済界の重鎮たちを何人も紹介してもらいました。オリガルヒ級の資産家も敏腕商社マンである波旗さんのことは信頼していた」

倉林は品の良い笑いを浮かべた。仕事をしている父親の姿は、ほとんど知らないが、それなりの実績があるようだ。

褒められて悪い気はしない。

「私、今日の先生のマスコミ講義、受けることになっています」

「知っているわよ。でも先生はやめて。入社したら、上司と部下よ。先生なんてよばれたら、私パワハラ上司になっちゃう」

「いえ、そんなつもりは。というか、私、報道局へ行ける可能性はあるのでしょうか」

小百合は、恐る恐る聞いた。

「東日テレビの報道局は、ロシアやその周辺国家に人脈のある社員を見逃さないわ」

「でも、私自身が人脈があるわけではないのですが」

「いまはなくても、いずれはお父様の人脈が生きてきます。私が、あなたを立派な特派員に育ててあげますよ」

倉林が肩を抱いてくれた。

「ホントですか！」

父が道を拓《ひら》いてくれている。

小百合はワーカホリックでしかないと思っていた父をはじめて誇りに思った。

4

娘と会うことは、もうないだろう。

残念ながら自分はもう日本に戻ることもあるまい。

妻は夫が仕事上のストレスから失踪したと嘆き、娘はいずれ自分が跡を継がねばならないと悟るだろう。

波旗浩一は、羽田に向かうため、首都高の芝浦入り口を目指していた。背後に明寿のスクーターが張り付いていた。

おおかた狸穴《まみあな》の上層部から出国するところを見極めろ、とでも命じられたのだろう。

ご苦労なことだ。

気になるのは、明寿のスクーターの背後にもう二台、バイクがいることだった。オールドタイプのハーレーダビッドソンだ。ローリングしながらスクーターの後についている。

今朝、青海の拠点《ロッジ》が壊滅させられた。

下手に極道といざこざを起こしたことが墓穴を掘る原因となった。

元はといえば明寿と冬子が、歌舞伎町のマンションでヤクザを半殺しにしてしまったせいだ。

あのとき、亜由美と画像データだけを運んでいたら、こんなことにならなかっただろう。

商社も大手広告代理店も警察の動きは摑めても、ヤクザの出方までは見抜けない。

まさかあれほど凄い反撃をしてくるとは、夢にも思わなかった。

火災は自損事故として顧問弁護士を代理人として出頭させた。それで済んだ。

被害者がいなかったことと、消防の出動もなかったからだ。

それにしても失火原因を調べる立ち入り検査を、三日も延ばしてくれたのは、安堵すると共に、呆気《あっけ》にもとられた。

『まるで、めんどくさいことにならないように、そっちで物語を作ってくれと言わんばかりでしたよ』

とは弁護士の弁だ。

事件性のない火災を調査している暇はないということだろう。

おかげで通信機器やシベリア産の覚せい剤などは、いまごろ横浜のロッジから駆けつけた工作員たちがクリーンアップしているはずだ。

星川冬子の遺体も隠密裏に横浜に運び出された。

もともと、あの場にはいるはずもない人物だ。消えても問題にならない。

母親のエレナは現在、カムチャツカからブラジルに移っている。

ブラジルは、いまや数少ないロシアの友好国だ。エレナはそこで日本で起業したいブラジル人たちのためコンサルティング会社を始めた。

あらたな工作員の養成と、彼らに日本での拠点を再構築させるためである。

エレナも五十歳になったはずだ。

だが、諜報の世界に入った者の宿命として、生涯、現役を続けねばならない。むしろ二十一歳でいなくなった娘のほうは幸せかもしれない。

冬子はエレナと波旗の間に出来た子供である。

同じ年に生れた正妻との娘、小百合と同じ歳である。

小百合とはまったく異なる環境で生まれた冬子は、まさにこの国でスリーパーセルになるために育てられた。

最後まで、波旗が父親であったことは知らないはずだ。

すべての始まりは、二十五年前。

三十二歳の波旗は、モスクワに駐在していた。その頃はまだエネルギーの仕事はしていない。ロシア南西部のボロネジ地方などの小麦農家に、日本製製粉機を売り歩いていたのだ。

ある農家の近くの雑貨店の娘だったのが、二十五歳のエレナだった。

都会を知らない娘に見えた。はにかみ屋で、語彙に乏しく、けれども肉感的で笑顔は蠱惑《こわく》的であった。波旗は恋に落ちた。

東京には、波旗の帰国を首を長くして待っている婚約者がいたのに、思いが募った。深い仲になり、一年後、帰国する段になって、エレナは豹変《ひょうへん》した。色気だけの頭の悪い女ではなかった。

日本語も英語も堪能《たんのう》で、法律にも精通していた。

男女の行為の動画がひそかに撮られていた。

モスクワ支社の金を一時的にとはいえ、横領した証拠も握られていた。経営不振だった雑貨店への援助のために用立てた金だった。

その雑貨店一家が、波旗をスカウトするための偽装家族だと知った時は、すべてが後の祭りだった。

その日から波旗は、ロシア連邦保安庁《FSB》の協力者なった。

二年後、エレナは日本にやって来た。モスクワで売春婦になったOL星川恵令奈と入れ変わったのだ。顔はスラブ系でもあまりにも流暢《りゅうちょう》な日本語を話すので、誰もが日本生まれのハーフだろうと信じたようだ。

恵令奈はむつ市で中古自動車の販売業を興す。周囲の住民と懇意になることが目的だった。

そのころから、むつ市には使用済み核燃料の一時貯蔵庫の建設計画が持ちあがり、その情報を集めることが主任務だった。

もちろんそれだけではない。

下北半島の地形的特徴、四季を通じての気候状況、人口分布なども実際にドライブしながら調査していたはずだ。

もうひとつ大きなミッションを担っていた。

同じ青森県にある在日米軍三沢《みさわ》基地の調査だ。これは米兵との繋がりを作ることで、聞き出していたらしい。英語も堪能な恵令奈だが、だれもロシア人だと思っていない。カナダやオーストラリアの血が混じっている東京生まれだといえば、米兵たちも信じ、よくむつ市までドライブにきたそうだ。

つまりは、本州最北端の市と津軽海峡の防衛能力を調査していたことになる。

それは、ちょうど波旗が結婚した年だった。

翌年、妻とエレナの双方に娘が出来た。

ひとりは生まれながらにして、工作員として育てられた。いわゆるスリーパーセルだ。もうひとりの娘は、将来工作員になることを義務付けられていた。

ひとりは死に、もうひとりはいまその門をくぐったところだ。

首都高芝浦の入り口が近づいてきた。

ふと気づくと運転席の真横に明寿のスクーターがいた。ドアを軽く蹴られた。

波旗は不承不承、窓を開ける。

「なんだよ。予定変更かよ。この車なら、空港に置いていくぜ」

不機嫌に答えた。

トランクの中に、リュックが一個積んである。

自分はそのままノルウェーに高飛びする。

このリュックが実際に爆発する可能性は低い。

あくまでもクレムリン一流の脅しの材料としてもちこまれている。発見されることを前提にした爆弾だ。日本政府がうろたえる様子を大統領が見たがっているということだ。

日本が経済制裁を緩めたら、ロシアは自主的に回収する。個々のリュックには海底でもその位置がわかる特殊素材のGPSがつけられているのだ。タグ式GPSだ。

もちろん、NATOと日本の出方によっては、一発ずつ発射されるだろう。

いずれにせよ、それは自分たちの任務ではない。

ここから先は、次の工作員たちへと引き継がれるのだ。

ノルウェーからエレナのいるブラジルに渡り、新たな名前を貰《もら》って暮らすことになる。

ドミンゴス青木《あおき》とかパンチョス田中《たなか》とか、そんなような名前らしい。

間抜けっぽい。

パスワードを打ち込めるタブレットは、助手席に置いてあるジュラルミンケースに入っている。

日本国内およびその近海に忍ばせたSADMを爆発させるための専用タブレット

だ。その取手には手錠のワッパの片側が嵌められていた。もう一方のワッパは開いたままだ。

「いいから運河沿いの倉庫に入れ」

明寿の眼が血走っていた。

キマリ過ぎのようだ。

双子のような存在だった冬子を失った直後だから無理もないが、それにしても強引すぎる。

「おいっ、誰に向かって口をきいているんだ。ボスは俺だ。指示を出すのは俺だ。下がれ！」

「うるせえっ。もうどうでもいいんだよ。歌舞伎町を爆破させねぇと気が済まねぇ」

明寿がガンガンとドアを蹴ってくる。

「気でも狂ったのか！　お前この車に何を積んでいるのかわかってんのか！」

「俺は、もう腕も半分ねぇんだ。このまま体当たりして炎上しちまってもいいんだぜ」

明寿のライダースーツの左袖は、ぶらぶらと風に靡《なび》いていた。ハンドルのグリップを握っているのは右手だけだ。

危険だった。

何かのはずみで、後続車に追突されたら暴発するかもしれない。そしたら、自分も明寿も、このあたりにいる数万人の人々も、雲の上まで、吹っ飛ばされることになる。

「わかった、わかった」

波旗はステアリングを左に切った。

スローダウンして運河沿いの指示された倉庫へと向かう。

5

「ここで仲間割れかよ。タブレットを持っているのは、波旗ってことだな」

イヤホンから、総長黒井健人の声が流れてきた。

「みたいですね。ですが、明寿は完全にキレちまっているでしょう」

神野が答える。

青空の下、久々に黒井とのツインツーリングになった。

黒井に報告するなり、ふたりでやるしかないと言われた。

他の誰にも任せられないと。

確かに、そうに違いねぇ。

極道刑事《クロデカ》、のるか、そるか、天下分け目の、一発勝負になった。

「キレた奴ほどあぶねぇものはねぇ。あいつお前の顔を見ただけで、スイッチはいるぜ」

「でしょうね。だったら、やっぱ俺がタックルかけるしかないっすね」

「見せ場を、とるってか？」

「総長に、いまさら見せ場はいらねぇでしょう」

「まぁな。俺たち、所詮黒子よ」

「でも、この仕事、極道刑事の範疇《はんちゅう》こえてませんか？」

「まぁよ、地球防衛軍になったつもりでいこうじゃねぇか」

インカムで好き勝手なことを、言いながら、蛇行運転をした。やばいおっさんふたりが息巻いていると見えるらしく、周囲の車は離れていく。

危険防止に役立っている。

蹴りを入れられていたクラウンが左折した。

芝浦倉庫街だ。

「なら、ちゃっちゃっと仕留めましょう。俺もいろいろあいつには仕返ししないと気がすまねえんで」

自分たちも左折をしながら伝えた。

「カッカしている神野はいいね。やっちまえよ」

黒井にけしかけられた。

クラウンが、蒲鉾《かまぼこ》型の倉庫の前に駐まった。撮影スタジオのようだ。

神野と黒井は、少し離れたところからシールド越しにふたりのやり取りを覗いていた。まずはタブレットの存在を確認したい。

運転席から波旗が下りてきた。自分の左手首と手錠で繋げたジュラルミンケースを持っている。わかりやすすぎる。

ふたりは倉庫の中に入っていった。

「神野、トランクを開けられるか?」

総長に訊かれた。試されている気分だ。

「お安い御用で。自分、管理職になっても一介の不良なんで」

バイクを降り、急いでサイドボックスから特注のセンサーを出す。微弱電波を拾う特殊機器だ。急がないとならない。波旗のポケットにあるだろうスマートキーが、あまり離れてしまわない前に拾っておきたい。

センサーボックスがコードをキャッチした。それをクラウンに向けて放つと、カチリとすべてのロックが外れた。

「さすがだな」

黒井がトランクを開けた。

「リュックサック爆弾って、これですか」

神野はたまげた。

想像したよりも大きい。

「どうする？」

黒井が首を傾げた。

「とりあえず、俺が背負いますか」

「お前、いい根性してるなぁ」

「ってか、海に落としてもスイッチが入らないことには、爆発しないんでしょう」

神野はリュックを背負った。重い。原爆が重かった。六十五キロはある。

「景子より重てぇっす」

「おめぇ、愛人をおんぶしたりするのかよ」

黒井が、ちょっとバカにしたように笑った。

「はい、年に一度ぐらいは。でも原爆背負ったのは初めてです」

カーキ色のリュックを背負ったまま、腰を振りながら一回転してみせた。

正直、心臓が破れそうなほど怖かった。

動いたら、どかんってこともあると思う。

けれども、これこそ、極道の気合というものだ。ロシアンルーレットにビビったら、この稼業は務まらない。

「わかった、わかった。離れて歩こう」

黒井はさっさとスタジオに向かった。

「たぶん、三十キロぐらい離れないと、食らうときは食らうんじゃねえですかね」

神野は、陽気に言った。ビビったら漢《おとこ》になれない。

「食らいたくねぇな。だからちゃっちゃっとケリつけんぞ」

黒井が先に扉を開けて入っていった。

「うわぁ」

いきなり悲鳴が上がった。

真下からだ。

入り口を入ると、床が円形状にくりぬかれており、周囲に手すりがあった。胸の高さ辺りまでの手すりだ。動物園で上から動物を見下ろすような格好だった。

約三メートル下で争っているふたりは熱くなりすぎているようで、神野たちにはきづいていなかった。

「だったら、とっとタブレットを出さねぇか」

明寿が回し蹴りを放っていた。右肩と左腕が不自由な分だけ、蹴りに威力があった。それのみに力を集中させているからだ。

脛《すね》を蹴られた波旗がスタジオのホリゾントの上に横転した。手首とつながっているジュラルミンケースを振り回して応戦しているが、逆に自分の体力を浪費しているようなものだ。

「お前、どうするつもりだ」

「入力は俺がやる。パスワードを知っている三人のうち一人が死んだ。あんたは国外に行く。タブレットは俺が持つべきだ。あの車は、羽田空港ではなく歌舞伎町の駐車場に置いておく。それで俺は長野の山中からスイッチを入れる」

明寿が喚いている。

「ＳＡＤＭの使用許可は、クレムリンから受けることになっている。お前も国外に出ろと命令が下っているはずだ！　大使館員たちも明日から続々と引き上げるぞ」

それも一種の威嚇だ。大使館員を引き上げることで、不気味さを与えるのだ。いかにも元ＦＳＢ諜報員だった大統領らしいやり方だ。

「国家のことなど、もうどうでもいい。俺はこの腕を取った歌舞伎町に報復してやらないと、気がすまない。そしてあの女も取り返したい」

この工作員は相当、景子に入れ込んでしまったようだ。そんなに、アソコがよかったか。聞きながら神野は頭をかいた。

「バカを言うな。そんなことをしたら、何ら恫喝《どうかつ》にならない。日本のあちこちからＳＡＤＭが発見されて初めてロシアの主張を貫くことが出来るんだ。ただしその役目はもう俺たちじゃない。次の工作員の仕事だ」

波旗は懸命に説得しているようだ。

「つるせっ」

どうにか動く右手でポケットから拳銃を取り出した。拳銃で殺すためには、スタジオは好都合だったらしい。

波旗が観念したように、動きを止めた。

銃声が轟《とどろ》いた。

一発目、手錠が切れた。

二発目、波旗の額から血しぶきがあがった。

「ひとりは片づけてもらった」

黒井が顎を扱《しご》いた。

ジュラルミンケースを奪った明寿が、スタジオの脇の扉を開けた。すぐ先に運河が広がっている。真昼の陽光に波が煌《きら》めいていた。

一艇のプレジャーボートが繋がれている。

「海上移動かよ。防犯カメラにも映らない、いい考えだ」

黒井が妙に納得している。

「では、そろそろカタをつけてきます」

と、神野は手すりに登った。

「なにするんだ？」

黒井が目を剝いた。

「最近、プロレス技に凝ってまして。かねがねトペ・スイシーダっていうのをやってみたかったんですよ」

それはロープの最上段から場外に向かって飛び、相手に体当たりを食らわせる技だ。かなり見栄えがする。

「わざわざこのタイミングでやるのか？　お前、原爆を背負っているんだぞ」

黒井が啞然《あぜん》としていた。

「衝撃だけじゃ、爆発しないでしょうよ」

神野はジャンプした。両手を広げてムササビのように下降していく。

「スパイ野郎！　死にやがれ」

明寿の背中に向かって落ちていく。

「さっさとパスワード入れろよ。俺の背中が噴射するぞ」

扉のそばにいた明寿が振り返り、顔をあげた。

「んっ？」

ポカンと口を開けた。

数時間前に、腕を叩き切った相手が、今度は原爆を背負って飛んでいる。

「マジかよ」

さすがに明寿の眼が尖った。

「そうよ、マジよ」

神野はニヤリと笑ってやる。

「面白《おもし》れぇよ」

明寿も笑った。

狂気と狂気がぶつかり合った。

「食らえや、ヒグマ！」

半身をこちらに向けている明寿の胸に、神野の肩が激突した。

胸骨《きょうこつ》がバキバキと音を立てて折れる音がする。

「ちっ」

痛覚を失っている明寿は、笑ってはいたが重力には勝てず背中から崩れ落ちた。

「てめぇ、よくも景子の穴にぶち込みやがったな、あれは俺専《オレセン》の穴だ」

「いや、力ずくでも、俺がもらう」

いいながら身体を回転させ、扉の外へと出ていった。ロープに逃げるレスラーのようだ。

プレジャーボートへ飛び乗った。

神野もあとを追い、乗り込んだ。原子爆弾を背負ったままだ。赤ん坊をおぶって家事をする主婦の気分だ。

ボートが揺れる。操縦士はいなかった。明寿は自分で動かすつもりでいたらしい。黒井が波旗の遺体を引きずり運河に突き落とした。続いて乗り込んでくる。

「なんだか、おもしれえな。神野ぉ」

黒井がボートを発進させた。二十八フィート級のコンパクトボートは勢いよく運河に滑り出していく。すぐに東京湾に出る。

「なにすんだ。てめぇ、勝手に出すんじゃねぇ」

明寿が喚きながら、黒井の背中に蹴りを入れようとした。

神野は、その腰に抱き着いた。腰を落として、明寿の動きを止めた。背負った六十五キロほどのリュックが錘《おもり》になった。

ジュラルミンケースはデッキに落ちた。

ひたすら外海に出るのを待った。向かい風が強くなったが、三人とも黒のライダースーツを着ていたので、どうにかしのげた。

神野は船縁《ふなべり》にアルミリールに巻かれたロープがあるのを確認した。

黒井がビュンビュン飛ばしている。

信号のない海上では、あっという間だ。房総《ぼうそう》半島と三浦《みうら》半島の間が見えてきた。浦賀《うらが》水道だ。

その先は太平洋。

「おいっ、そっちにいくなっ」

明寿が前のめりになった。神野はさらに足を開き踏ん張った。

三百六十度水平線になった。

「ここなら、立小便しても誰にも見えない。真昼間だが、闇処理には最適だ」

黒井がビジネスライクに言った。

「なら、行くかヒグマ」

神野はぐいぐいと明寿の腰を引いた。踵《かかと》が船縁につくまで下がる。

「なにすんだ」

明寿がもがく。

「ブレーンバスター。うぉおおおおおおおおおっ」

雄叫《おたけ》びを上げ、神野は明寿を持ち上げた。九十キロはあるだろう。

「やめろぉ」

叫んだ明寿の足底が大空に向いた。一瞬ぴんと垂直に伸びた。このタイミングを逃さない。

明寿の頭を垂直に海面に落下させる。

神野の身体も反転する。原子爆弾を背負ったまま無重力の宇宙飛行士のように身体が空に舞う。

「わぁあああああああああ」

「うぉおおおおおおおおお」

互いに声をあげながら、太平洋に激突した。

違うのは明寿が脳天から、神野は背中からだった。

どんどん落ちていく。海中は濁っていた。想像していたよりも、いろんなものが待っていた。流木に身体のあちこちを打たれた。遺体や白骨は流れていなかった。

明寿の腰を押さえたまま、どんどん下がった。原爆の重みがある分だけ神野が有利だった。

明寿がもがき、いったん手が離れた。

急上昇をしようと足をバタつかせる明寿に背後から接近し首に腕を巻き付けた。締める。

強烈に締める。

自分も息が苦しくなり出しているが、腕の力は弱めなかった。

「ぷっ」

明寿の口が開いた。一気に水が流れ込む。げぼげぼと泡が上がった。最後にバタついていた足の動きががとまった。

腕を離した。

魂を失った明寿の身体は、ただの物体と化し、流れのままとなった。ゆらゆらと離れていった。

神野は一気に上昇を試みた。

この時ばかりは、リュックが酸素ボンベだったらと思った。

水面の光の輪の中から一本のロープが下げられていた。これで舟艇の位置が確認できた。ロープを摑み、懸命に上昇する。

「ふふぁ」

窒息寸前で水面に出た。しょっぱい海水が流れ込んでくる。

「悪りい。ついいましがた我慢できずに小便をした」

ロープを手繰り寄せながら黒井が言った。

噎《む》せながら、ボートへよじ登る。

Uターンして芝浦に戻ることにした。

「お前のいない間に、どうにかケースを開けた」

黒井の横にタブレットがあった。

「アクセスは出来たんですか？」

「いや、そいつはパスワードを解析しない限り無理だ。このタブレットはサイロに渡す。だが本橋の奥さんが持ち出していた旦那のノートパソコンが役立った。防衛省情報本部が割り出しをいそいでいるだろう。まぁ七割は存在が突き止められるんじゃないかと」

本橋香織は未明にテレビ局に戻ると、すぐにノートパソコンを取り出してきた。出て来た時点でサイロの狩谷が保護している。

「どんな仕掛けだったんでしょうね」

「お前が潜っている間に、狩谷さんからメールが届いた。それによると、英国の諜報員が自分が発見したSADMのリュックに独自のGPSを貼り付けていたという。MI6が開発した繊維製のGPSだそうだ。別名タグGPS。そいつを二十個のリュックの中に貼り付けていたらしいんだな。しかもその追跡コードが、本橋にも共有されていた。英国諜報員は本橋も日本の諜報員であろうと錯覚していたようだな」

サルベージするのか、位置情報の把握にとどめるかは、防衛省と官邸の判断だ。

「自分たちの作業は終了ってことですね」

「そういうことだ」

帰りも三十分ぐらいで、芝浦に着いた。まだ太陽が燦々《さんさん》と降り注いでいる。闇に生きるヤクザには眩《まぶ》しすぎた。

波旗はまだ浮いていなかった。

海中を彷徨い、どこに浮かぶやら、だ。

陸に上がった。

ライダースーツの水滴は落ちていた。リュックはずぶ濡れで余計な重みを感じた。

「処理の仕方をわかっているところに置いておくのが一番だな」

黒井が閃いたように言う。

「米軍基地の前ですかね？」

「いやそれじゃぁ、宣戦布告になっちまう。こいつはロシア製だ」

「でしたら、ロシア大使館の前っすね」

黒井の前だと、神野もチンピラ口調になる。

「そうだな。一番穏便に始末してくれるのは、あそこだよな」

「わかりました。やってきます」

神野は、リュックを背負ったままハーレーに跨った。

「あのな、神野、俺もう引退するわ。関東舞闘会、お前にやるわ。お前の根性には負けた。俺はこれから、顧問ってことで、サイロや警察庁《サッチョウ》との調整に徹するよ。なんつったって原爆背負って喧嘩するヤクザなんて初めてみた。もう俺の時代じゃねぇ」

「いやそんなこといわれても」

と頭をかきながら、ハーレーを発進させた。

怖いものがなくなったのは事実だ。

太陽の降り注ぐ海岸通りを原爆を背負って走った。

自転車に乗ったフードサービスの連中をどんどん追い抜いていく。東京タワーを横目で見ながら、ロシア大使館の前に着いた。

正面には門番がいたので、巨大な塀の片隅にリュックを置いた。ずぶ濡れで、妙にリアリティがあった。海中から拾い上げたようだ。

それしても、肩の荷が下りたとは、まさにこのことだった。

ハーレーに戻り、歌舞伎町へと飛ばした。

――景子とやりてぇ。

胸底でそう叫びながら、アクセルをフルスロットルにした。

＊

二〇二五年十二月。

雪がひらひらと待っていた。

萩原亜由美は、今夜も笑顔で酒を注いでいた。

青森県三沢市の在日米軍基地の近くで、バー『フォクシーレディ』を開業して、半年になる。

六人しか座れないカウンターと四人用のボックス席がふたつ。それだけの店だが、そこそこ繁盛している。

かつて、歌舞伎町でならしたトークの勘は、まだ衰えていなかったようだ。

「亜由美ママ。こっち来る前はどこにいだのさ」

空港近くでテーラーを営む寺山紀夫《てらやまのりお》が津軽弁丸出しで訊いてきた。銀髪をオールバックにした六十歳。来店は初めてだ。

「生まれたのは東京ですけど、ずっとオーストラリアのブリスベンにいたんです」

二年間、サンクトペテルブルクの保安員養成所で特訓を受けていたとは言えまい。

もちろん、ブリスベンの知識はたっぷり入っている。

実際、訓練の最後の三か月間は、ブリスベンに滞在し、この目で町の主要部分を確認した。何軒かのバーやカフェにも積極的に出入りし、店の人間たちと写真をとり、日本人留学生としての足跡を残してきている。

それ以前から現地のロシア連邦保安庁《ＦＳＢ》のオーストラリア人スリーパーたちが、亜由美が二年間、ブリスベンに留学していたという形跡を作りあげてくれていた。萩原亜由美と名乗る自分に似た日本女性が、実際に学生ビザで入国し、語学学校に在籍していたのだ。

亜由美がサンクトペテルブルクで、諜報の基本やサンボなどの武術を教え込まれていた時期のことだ。

ＦＳＢがかくも周到なバックアップをしているとは驚いた。さすが、ＣＩＡと並ぶ諜報機関である。

帰国すると同時に、この三沢での任務が始まった。

まだ、本格的なミッションは受けておらず、地元客たちへの浸透と、米兵たちの任務内容を知ることだ。

米兵たちは、酔うほどに、様々な愚痴を言い始める。それが貴重な情報となる。愚痴ほど、人間関係や任務内容を知れるものはない。

「んでも、なして三沢さ来るごとにしたのさ」

寺山が、いいながらグラスを振って氷の音を立てている。亜由美はそのグラスにウイスキーを注いだ。それにしても津軽弁は英語よりも難しい。

「英語が多く使える街に暮らしたかったことと、雪も好きなんですよ」

三沢市は人口の二十パーセントを外国人が占める。

米軍基地がこの市の経済を回しているようなものなのだ。

そして沖縄や横須賀《よこすか》、横田《よこた》の基地と異なり、三沢基地の周辺に歓楽街がない。もっとも近い都会といえども青森市か盛岡市だ。

勢い米兵たちは、市内のバーやスナックだけが憩いの場となるわけだ。

英語が堪能であれば、これほどアメリカ人との接点を持ちやすい町もないだろう。

それと亜由美はロシアで暮らしたせいか寒さに慣れた。

雪が好きになったのも本当だ。

「はぁ～、それは嬉しいなぁ。地元の若者は高校を卒業すると、ほとんど東京にいってしまう。そんで帰ってこねぇべさ。わざわざ東京生まれの人が、三沢に来てくれるなんてな。オラ、嬉しいべ。こんどさ、亜由美さんも、基地のクラブでやる将校パーティに連れでいってやるはんでな」

寺山は上機嫌でウイスキーを呷《あお》った。

このおっさんと、寝るか。

密《ひそ》かにそんなことを思った。

どのタイミングで寝るかは、綿密に組み立てよう。

寺山が帰り支度を始めた。媚《こ》びた笑みを浮かべながら、八千円の勘定書きを示す。

「釣りはいらんよ」

ほとんどの日本人客は一万円を置いていく。そして商店街の老人客はだいたい八時半には引き上げていく。

午後九時。いったん客が引いた。そういう時間だった。三十分もすれば、今度は夕食を終えた米兵や自衛官がやってくる。

亜由美は誰もいなくなったカウンターにスプレー缶を二本置いた。米兵客用のヘリウムガスだ。

吸うと声が変わる玩具だ。

このガスを吸ってカラオケを歌うと面白いと、亜由美は米兵たちに勧めた。この単純な高校生のような遊びが、米兵たちの間でブレイクした。

テンションが上がるとみんないう。

ヘリウムガスの中にノースドロップを混入させているので、それはそれは上がる。

口は一気に軽くなる。

亜由美は任務を確実に前進させた。

扉が開く音がした。

「こんばんは。初めてですがいいですか？」

標準語の美人女性が入ってきた。茶色の格子柄のコートを着ていた。あか抜けている。ピンとくるものがあった。

「どうぞ。今ちょうど暇になったところです。東京の方ですか？」

「はい……」

と言って名刺を差し出してきた。

【東日テレビ　報道局　特集班ディレクター　波旗小百合】

ドキリとしたが、何とか表情に出さずにすんだ。

「わぁ、凄いですね。キー局の女性ディレクターさんなんて、私、東京にいたときでも会ったことがない」

言いながらも、緊張を覚えた。

「いやぁ、入社三年目のぺーぺーですよ。ウォッカありますか？」

来た！　と亜由美は納得した。

ウォッカが符牒《ふちょう》だ。

「もちろんあります。寒い夜はウォッカが一番です」

「ありがとうございます。ではまずウォッカを一杯」

小百合がコートを脱いだ。グレンチェックのスカートスーツだった。黒のストッキングがやけにセクシーだ。

「取材とかですか」

ショットグラスにスミノフを注ぎながら訊いた。

さぐりさぐりだ。

「はい、三沢基地周辺のクリスマス風景の取材です。米軍と最もうまくいっている町と聞きました」

小百合の口調も固い。

データ収集だ。

基地の周りの様々なポイントから撮影をして、その警備体制を知ろうとしているのだ。

「在日米軍基地の中で、もっともロシアに近い基地ですから、住民も協力的なようです。もっともこの店のアングルから見た印象だけですが」

ウォッカを差し出し、そのわきにドライフルーツを置く。

小百合が呷った。

「あー美味しい。ママさん、でも基地内の撮影は出来ないんですよ。こちらのお店では米兵さんのクリスマスパーティとか予定はないですか？」

これは面割《めんわり》をしたいということだ。

兵士の顔写真は貴重な資料となる。

マルボウ刑事が組の集会などの日に、事務所前で、出入りする組関係者を撮影するのと同じだ。

「やるように心がけます。いつ頃がよろしいですか」

小百合に微笑みかけた。

「あっ、はい。二十日とかが嬉しいですが」

「来週ですね。わかりました。セットアップします。北国の小さな町ですが、キー局で特集されたら、町の人たちも喜びます」

「ありがとうございます。その日は部長もやってくると思います。先月部長になりました」

空になったショットグラスをくるくると回しながら、小百合が熱を帯びた視線を送ってきた。

「それはお祝いの席にもなりますね。部長さんのお名前は？」

「倉林星来といいます」

お互いにじっと目を見つめ合った。

「いよいよですね」

亜由美はいい、グラスにさらにスミノフを注いだ。自分用のグラスもカウンターに置き注いだ。

「はい。ＳＡＤＭの持ち込みの再開です。その打ち合わせも兼ねて」

「古いのは、防衛省に回収されてしまったのかしら？」

亜由美は、グラスを掲げた。

「本橋のパソコンにあったＳＡＤＭのＧＰＳ情報は、倉林部長がすでに改竄しています。あのパソコンが東日テレビにあった時点ですでに手を打ってあったのです。防衛省は、三個ぐらいしか回収できていないはずです」

「まぁ」

亜由美は大げさに驚いてみせた。想像していた通りだ。

「次からSADMは、もっとお洒落なスーツケースに変わるそうです。リュックなんて、いまどき持ち運びが目立ちすぎますよ」

「ということは、今度はいよいよ……」

亜由美は眼を輝かせた。なんとなく発情してきた。

「……はい、オフィス街へ持ち込むそうです」

小百合も顔を近づけてきた。興奮している様子だ。丸椅子の上で腰をくねらせている。

「SADMにザ・ズダローヴィエ《乾杯》」

「私たちにザ・ズダローヴィエ」

グラスを合わせ、一気に呑んだ。

亜由美はゆっくり扉に進み『CLOSED』のプレートを掛け振り向くと、小百合がボックス席で、スカートを捲り上げていた。

女同士の乾杯は、たぶん明け方まで続くだろう。

本書は書き下ろしです。
本作はフィクションであり、実在の個人・団体とは一切関係ありません。（編集部）

実業之日本社文庫　最新刊

我孫子武丸
監禁探偵
多彩な作風を誇る著者が挑む、キャラミスと本格推理のハイブリッド！「前代未聞の安楽椅子探偵」をめぐる謎を描いた異色ミステリ！（解説・大山誠一郎）
あ27１

井川香四郎
歌麿の娘　浮世絵おたふく三姉妹
人気絵師・二代目喜多川歌麿の娘で、水茶屋「おたふく」の看板三姉妹は、江戸の悪を華麗に裁く美しき仕置人だった!! 痛快時代小説、新シリーズ開幕！

い10９

岡崎琢磨
下北沢インディーズ　ライブハウスの名探偵
コラムを書くためライブハウスのマスターの紹介で駆け出しのバンドマンたちを取材した新人編集者は思いがけない事件に遭遇し…。音楽×青春ミステリー！

お12１

小野寺史宜
タクジョ！
運転が好き、ひとも好き。仕事に恋に（!?）全力投球の新人タクシードライバー夏子の奮闘と成長を温かく爽快に描く、青春お仕事小説の傑作！（解説・内田剛）
お７２

沢里裕二
極道刑事　地獄のロシアンルーレット
津軽海峡の真ん中で不審な動きをする黒い影。日本に特殊核爆破資材を持ち込もうとするロシア工作員と、それを阻止する関東舞闘会。人気沸騰の超警察小説！

さ３17

西村京太郎
十津川警部　怒りと悲しみのしなの鉄道
軽井沢、上田、小諸、別所温泉……警視総監が狙われた列車爆破事件の再捜査を要求された十津川警部は、わずか一週間で真実に迫れるのか!?（解説・山前　譲）
に１27

実業之日本社文庫　最新刊

貫井徳郎
罪と祈り
元警察官の辰司が隅田川で死んだ。当初は事故と思われたが…。貫井徳郎史上、最も切なく悲しい誘拐事件。慟哭のどんでん返しミステリ！（解説・西上心太）
ぬ14

早見俊
徳川家康 枕合戦記 自立編
生涯で二人の正室と二十人余りの側室を持った徳川家康。戦略家と称される天下人が苦戦した、女性たちとの枕合戦。今、その真相が明らかになる！

は73

南英男
毒蜜 人狩り 決定版
六本木で起きた白人男女大量拉致事件の蛮行は、外国人犯罪組織同士の抗争か、ヤクザの所業なのか。多門は夜の東京を捜索するが、新宿で無差別テロが――！

み726

睦月影郎
美人教師の秘蜜
二十歳で童貞の一樹は、憧れの美人教師の部屋に忍び込む。それを先輩に見つかってしまい、通報されても仕方ないと覚悟するが、逆に淫らな提案が……。

む217

貴嶋啓
後宮の屍姫《しかばねひめ》
謀反の疑いで父が殺され、自らも処刑された不運の姫君。怒れる魂は、幼い少女の遺体に乗り移って蘇り、悪の黒幕を捜すが…。謎解き中華後宮ファンタジー！

き71

実業之日本社文庫　好評既刊

沢里裕二
処女刑事　歌舞伎町淫脈
純情美人刑事が歌舞伎町の巨悪に挑む。カラダを張った囮捜査で大ピンチ!! 団鬼六賞作家が描くハードボイルド・エロスの決定版。
さ31

沢里裕二
処女刑事　六本木vs歌舞伎町
現場で快感!? 危険な媚薬を捜査すると、半グレ集団、芸能事務所、大手企業へと事件がつながり、大抗争に！ 大人気警察官能小説第2弾！
さ32

沢里裕二
処女刑事　大阪バイブレーション
急増する外国人売春婦と、謎のペンライト。純情ミニパトガールが事件に巻き込まれる。性活安全課は真実を探り、巨悪に挑む。警察官能小説の大本命！
さ33

沢里裕二
処女刑事　横浜セクシーゾーン
カジノ法案成立により、利権の奪い合いが激しい横浜。性活安全課の真木洋子らは集団売春が行われるという花火大会へ。シリーズ最高のスリルと興奮！
さ34

沢里裕二
処女刑事　札幌ピンクアウト
カメラマン指原茉莉が攫われた。芸能プロ、婚活会社、半グレ集団、ラーメン屋の白人店員……事件はつながっていく。ダントツ人気の警察官能小説、札幌上陸！
さ36

実業之日本社文庫　好評既刊

沢里裕二
極道刑事　ミッドナイトシャッフル
新宿歌舞伎町のソープランドが、カチコミをかけられた。襲撃したのは上野の組の者。裏には地面師たちのたくらみがあった!?　大人気シリーズ第3弾！
さ3 9

沢里裕二
極道刑事　キングメーカーの野望
政界と大手広告代理店が絡んだ汚職を暴くため、神野が闇処理に動くが……。風俗専門美人刑事は、体当たりの潜入捜査で真実を追う。人気シリーズ第4弾！
さ3 12

沢里裕二
湘南桃色ハニー
ビールメーカーの飯島は、恋人を寝取られたことをきっかけに己の欲望に素直になり……。ビーチで絡み合う水着と身体が眩しい、真夏のエンタメ官能コメディ！
さ3 11

沢里裕二
アケマン　警視庁LSP　明田真子
東京・晴海のマンション群で、演説中の女性都知事・桜川響子が襲撃された。LSP明田真子は身体を張って知事を護るが……。新時代セクシー&アクション！
さ3 13

沢里裕二
桃色選挙
野球場でウグイス嬢をしていた春奈は、突然の依頼で市議会議員に立候補。セクシーさでは自信のある彼女はノーパンで選挙運動へ。果たして当選できるのか!?
さ3 14

実業之日本社文庫　好評既刊

草凪 優
黒闇
最底辺でもがき、苦しみ、前へ進み、堕ちていく不器用な男と女。官能小説界のトップランナーが、人間の性と生を描く、暗黒の恋愛小説。草凪優の最高傑作！

く66

草凪 優
知らない女が僕の部屋で死んでいた
眼が覚めると、知らない女が自宅のベッドで、死んでいた。女は誰なのか？ 記憶を失った男は、女の正体を探る。怒濤の恋愛サスペンス！（解説・東えりか）
く67

草凪 優
アンダーグラウンド・ガールズ
東京・吉原の高級ソープランドが廃業した。人気の嬢たちはデリヘルを始め、軌道に乗るも、悪党共の手により…。女たちは復讐を誓う。超官能サスペンス！

く68

草凪 優
冬華と千夏
近未来日本で、世界最新鋭セックスAIアンドロイドがデビュー。人々は快楽に溺れる。仕掛け人は冬華。著者渾身のセクシャルサスペンス！（解説・末國善己）
く69

今野 敏
マル暴甘糟《あまかす》
警察小説史上、最弱の刑事登場!? 夜中に起きた傷害事件は暴力団の抗争か半グレの怨恨か。弱腰刑事の活躍に笑って泣ける新シリーズ誕生！（解説・関根 亨）
こ211

実業之日本社文庫　好評既刊

今野敏
マル暴総監
史上〝最弱〟の刑事・甘糟が大ピンチ!? 殺人事件の捜査線上に浮かんだ男はまさかの……痛快〈マル暴〉シリーズ待望の第二弾！（解説・関口苑生）
こ2 13

今野敏
潜入捜査　新装版
今野敏の「警察小説の原点」ともいえる熱き傑作シリーズが、実業之日本社文庫創刊10周年を記念して装いも新たに登場！ 囮捜査の行方は…。（解説・関口苑生）
こ2 14

今野敏
排除　潜入捜査〈新装版〉
日本の商社が出資した、マレーシアの採掘所の周辺住民が白血病に倒れた。元刑事が拳ひとつで環境犯罪に立ち向かう、熱きシリーズ第2弾！（解説・関口苑生）
こ2 15

今野敏
処断　潜入捜査〈新装版〉
魚の密漁、野鳥の密猟、ランの密輸の裏には、姑息な経済ヤクザが――元刑事が拳ひとつで環境犯罪に立ち向かう熱きシリーズ第3弾！（解説・関口苑生）
こ2 16

今野敏
罪責　潜入捜査〈新装版〉
廃棄物回収業者の責任を追及する教師と、その家族にヤクザが襲いかかる。元刑事が拳ひとつで環境犯罪に立ち向かう熱きシリーズ第4弾！（解説・関口苑生）
こ2 17

実業之日本社文庫　好評既刊

今野 敏
臨界 潜入捜査〈新装版〉
原発で起こった死亡事故。所轄省庁や電力会社は、暴力団を使って隠蔽を図る。元刑事が拳ひとつで環境犯罪に立ち向かう熱きシリーズ第5弾！（解説・関口苑生）
こ2 18

今野 敏
終極 潜入捜査〈新装版〉
不法投棄を繰り返す産廃業者は、テロ・ネットワークの中心だった。元マル暴刑事が、拳ひとつで環境犯罪に立ち向かう熱きシリーズ最終弾！（対談・関口苑生）
こ2 19

葉月奏太
いけない人妻 復讐代行屋・矢島香澄
色っぽい人妻から、復讐代行の依頼が舞い込んだ。彼女は半グレ集団により、特殊詐欺の手伝いをさせられていたのだ。著者渾身のセクシー×サスペンス！
は6 7

葉月奏太
人妻合宿免許
独身中年・吉岡大吉は、配属変更で運転免許が必要になり合宿免許へ。色白の未亡人、セクシー美人教官、黒髪の人妻と…。心温まるほっこり官能！
は6 8

葉月奏太
盗撮コネクション 復讐代行屋・矢島香澄
洋品店の中年店主は、借金返済のためとそそのかされ、盗撮を行う。店主の妻は盗撮され、脅される。店主は自殺を決意し……。どんでん返し超官能サスペンス！
は6 9

実業之日本社文庫　好評既刊

実業之日本社文庫　好評既刊

花房観音
秘めゆり
「夫と私、どちらが気持ちいい?」——男と女、女と女が秘める恋。万葉集から岡本かの子まで、和歌を題材にとった極上の性愛短編集。（解説・及川眠子）
は2 6

南 英男
警視庁極秘指令
柔肌を狩る連続猟奇殺人の真相を暴け！　初動捜査で解決できない難事件に四人の異端児刑事が集結。極秘捜査班の奮闘を描くハードサスペンス、出動！
み7 17

南 英男
謀殺遊戯　警視庁極秘指令
元エリート官僚とキャバクラ嬢が乗った車が激突して二人は即死。しかし、この事故には不自然な点が。極秘捜査班が調査に乗り出すと——怒濤のサスペンス！
み7 18

南 英男
偽装連鎖　警視庁極秘指令
元IT社長が巣鴨の路上で殺された事件で、タレントの恋人に預けていた隠し金五億円が消えていたことが判明。社長を殺し、金を奪ったのは一体誰なのか!?
み7 19

南 英男
罠の女　警視庁極秘指令
熱血検事が少女買春の疑いをかけられ停職中に金属バットで撲殺された。極秘捜査班の剣持直樹は、検事を罠にかけた女、自称〈リカ〉の行方を探るが——!?
み7 20

実業之日本社文庫　好評既刊

南英男
裁き屋稼業

卑劣な手で甘い汁を吸う悪党たちに闇の裁きでリベンジせよ！　落ち目の俳優とゴーストライターのコンビは脅迫事件の調査を始めるが、思わぬ罠が……。

み7 21

南英男
虐殺　裁き屋稼業

内部告発者の死、そしてさらなる犠牲者が――悪辣企業の密謀を暴き出せ！　不正の真相をめぐり闇の探偵コンビが格闘する、傑作クライムサスペンス！

み7 22

南英男
邪欲　裁き屋稼業

社会派ライターの真木がリストラ請負人の取材中に殺害された。裁き屋の二人が調査を始めると、事件の背景には巨額詐欺事件に暗躍するテロリストの影が…。

み7 23

南英男
毒蜜　決定版

女以外は無敵の始末屋が真の悪党をぶっ潰す――裏社会専門の始末屋として数々の揉め事を解決してきた多門剛に危険な罠が…!?　ベストセラーシリーズ決定版。

み7 24

南英男
毒蜜　残忍犯　決定版

マフィアか、ヤクザか…残虐すぎる犯行の黒幕は!?　旧友の新聞記者が首を切断され無残な死を遂げた。裏社会の無敵の始末屋・多門剛が真相に迫るが――。

み7 25

実業之日本社文庫 さ317

極道刑事《クロデカ》　地獄《じごく》のロシアンルーレット

2022年10月15日　初版第1刷発行

著　者　沢里裕二《さわさとゆうじ》

発行者　岩野裕一
発行所　株式会社実業之日本社
〒107-0062　東京都港区南青山5-4-30
emergence aoyama complex 3F
電話 [編集]03(6809)0473 [販売]03(6809)0495
ホームページ　https://www.j-n.co.jp/

DTP　ラッシュ
印刷所　大日本印刷株式会社
製本所　大日本印刷株式会社

フォーマットデザイン　鈴木正道（Suzuki Design）

ISBN978-4-408-55760-1（第二文芸）